사르비아 총서 · 651

가든 파티

맨스필드 지음 / 김회진 옮김

범우사

이 도서의 국립중앙도서관 출판시 도서목록(CIP)은
e-CIP홈페이지(http://www.nl.go.kr/cip.php)에서 이용하실 수 있습니다.
(CIP제어번호 : CIP2007002451)

차 례

이 책을 읽는 분에게 · 5

행복 · 13

가든 파티 · 37

이상적인 가정 · 68

인형의 집 · 81

차 한 잔 · 96

파리 · 113

카나리아 · 124

항해 · 131

소녀 · 148

바람은 일고 · 156

피코크 선생의 하루 · 165

신식 결혼생활 · 183

신혼여행 · 206

작가 연보 · 219

▫ 이 책을 읽는 분에게

캐더린 맨스필드의 생애와 문학세계

　캐더린 맨스필드(Katherine Mansfield, 1888~1923)는 1888년 10월 4일 뉴질랜드의 수도 웰링턴에서 수입상輸入商의 셋째 딸로 태어나 넉넉할 정도로 여유가 있고 행복한 집안에서 자랐다.

　1896년, 웰링턴 근교의 캐로리 마을의 초등학교에 다녔는데, '인형의 집'에서 그 당시의 생활을 엿볼 수 있다. 이때부터 남달리 독서와 작문에 흥미를 느꼈으며 밤에는 외조모가 강제로 소등을 할 정도로 독서를 즐겼다고 한다.

　1903년, 두 언니와 함께 런던으로 가서 퀸즈 칼리지 여학교에 입학해서 교지校誌 편집일을 맡아보는 한편, 뉴질랜드 시절의 소품小品들을 교지에 실었다. 3년 후인 1906년에 학교를 일시중지하고 귀국해서 1907년에 *The Native Companion* 지에 3편의 소품을 게재하여 편집자인 브래디로부터 극찬을 받았다.

1909년에 다시 런던으로 가서 다음해 *The New Age* 지의 편집자에게 인정받아 그 잡지에 작품을 싣게 되었다. 독일 바이에른에서 휴양하던 때의 추억을 그린 '바이에른 이야기'가 《독일 하숙집에서》라는 제목으로 1911년에 간행되었다.

   1912년, *The Rhythm* 지의 발행인 존 미들톤 머리를 만나 동거생활을 하게 되어, 맨스필드는 정신적으로 좋은 반려를 얻었을 뿐만 아니라 자기의 작품을 발표할 수 있는 기회를 얻게 되어 무척 행복했다. 그러나 그 잡지는 폐간이 되고 D. H. 로렌스와 함께 *The Signature* 지를 만들었지만, 이것도 2개월 후에 폐간되었다. 그러자 맨스필드는 작품활동을 할 수 있는 기회를 잃게 되어 작가로서는 불우했지만, 창작에 대한 열의는 조금도 식지 않았다고 한다.

   그런데 맨스필드에게 정신적으로 충격을 준 것은 제1차 세계대전의 발발로 1915년에 사랑하는 남동생이 출전해 전사한 사건이었다. 이 사건이 그녀에게 얼마나 커다란 충격을 주었는가 하는 것은 그 당시의 일기에 잘 나타나 있다. 자기가 자살하지 않은 이유는 그들의 어린 시절의 아름다운 일들을 글로 나타내는 의무가 자기에게 있기 때문이라고 생각했다. '바람은 일고(The Wind Blows)', '해변에서(At the Bay)' 등 여러 작품 속에 동생을 그리는 추억들이 농도 짙게 깔려 있다.

   1917년부터는 우연히 늑막염에 걸리고 설상가상으로 그것이 폐결핵으로 악화되어 각혈까지 하게 되었다.

지병인 폐결핵 때문에 여름철을 제외하고는 대부분 이탈리아, 프랑스, 스위스 등 각지로 전전하면서 고독한 요양생활을 하던 끝에 1923년 1월 9일 파리 교외의 폰틴블로에서 34세의 짧은 나이로 세상을 떠났다.

그녀는 병 때문에 남편과 별거해야 하는 것이 무척 고통스러웠고, 그리움과 고독이 뼈에 사무쳤다. 그러나 창작에 대한 정열은 식지 않아 1920년에 《행복(Bliss)》에 이어 1922년에 《원유회(The Garden Party)》가 출판되었다. 그리고 그녀가 죽은 1923년에 《비둘기집(The Dove's Nest)》이 나왔다.

맨스필드의 작품에는 흔히 말하는 사회문제나 종교문제, 사상문제가 제시되지 않았고 또 그런 문제의 해결을 시도하려고도 하지 않았다. 이런 문제들은 그녀가 생각하고 있는 작품세계의 영역에서 벗어난 것들이었고 또 그런 것을 나타내는 것은 작가의 목적이 될 수 없다고 그녀는 주장했다. 다만, 자연과 인심의 아름다움에 겸허한 자세로 대하고 인생의 불가사의 속에 신비와 경이가 깃들어 있다고 생각했으며 순진무구한 동심의 세계에 끝없는 향수를 느꼈다. 그 때문에 작가는 평범하고 사소한 일들 속에서 인간심리의 미묘한 움직임을 보충하고 그것을 충실하게 묘사하는 데 커다란 관심을 두었다. 그리고 작가가 그런 것을 묘사함으로써 독자도 작가와 같은 공감을 갖도록 해주는 일이 바로 작가의 임무라고 생각했다.

맨스필드는 자기가 체득한 인물의 감정이나 사건의 움직임을 언어로 표현하는 데 무척 고심했다고 자신의 편지나

일기에 적고 있다. 그녀에 의하면 자기 자신이 작품 속의 인물이나 사물이 되어버린다는 것이다. 가령 표현대상이 어린이이면 어린이가 되고, 짐승이면 짐승이 되어본다는 것이다. 즉, 표현대상에 자기 자신을 완전히 동화시켜서 표현대상과 같이 지각하고 감상하는 경지에 도달함으로써 표현할 언어를 구상하고 창작을 시작했다고 한다.

맨스필드는 흔히 A.체호프와 비교되는 작가이기도 하다. 그녀가 그리는 이야기는 A.체호프처럼 일상적이고 사소한 일들뿐이며 인간생활의 극적인 장면이나 파국을 기대할 수는 없다. 또한 A.체호프의 작품세계에서 볼 수 있는 인생의 비극의식이라든가 애환이라든가 좌절감 혹은 풍자정신 등은 맨스필드의 작품에서는 찾아보기가 힘들다. 그래서 맨스필드를 A.체호프와 비교하는 것은 과대평가라고 하여 못마땅하게 여기는 비평가들이 있으며 다소 등한시되고 있는 경향도 있다. 그러나 맨스필드의 여성적인 감각과 신선하고 경쾌한 묘사라든지, 사실이나 사건을 상징적으로 이용하여 간단한 묘사로써 전체적인 분위기를 암시하고 전반적인 생활양식을 나타내는 솜씨와 더불어 유창하고 명쾌한 문체 등은 작가로서 독자적인 경지를 개척했다고 볼 수 있다.

맨스필드의 작품세계는 제인 오스틴의 세계보다 협소하다. 대부분 나이 어린 소녀나 젊은 부인을 주인공으로 삼고 중류가정 생활의 평범한 일상적인 사건을 소재로 다루었으나, 작가의 예리한 감각과 섬세함, 일편단심의 생활태도 그리고 시인다운 감성을 발휘해서 독자를 공감의 세계로까지 끌어올렸다고 할 수 있다.

  요컨대 맨스필드의 여성적인 작품세계는 그녀가 생활과 창작은 불가분리不可分離의 관계가 있다고 늘 믿어왔기 때문에 거짓 없는 생활에서 훌륭한 작품이 나온다는 신념의 실천이라고 할 수 있다. 즉, 생활을 직시하고 있는 그대로의 생활을 표현한다는 신앙 속에서 맨스필드의 아름다운 작품이 이루어진 것이다.

  여기에 선정된 13편은 비교적 많이 읽히고 있는 작품을 골라서 창작 연대순으로 배열한 것이다. 단, 지면이 한정되어 있기 때문에 보다 많은 작품을 소개하지 못하는 것이 아쉬울 뿐이다.

옮긴 이

가든 파티

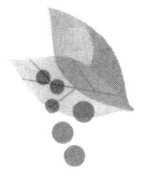

행복

버더 영은 나이 서른 살인 데도 아직도 이렇게 걷는 것보다는 뛰고만 싶다. 보도 위에서 춤추듯이 활보하고 싶고 굴렁쇠를 굴리거나 무엇이든 공중으로 던졌다가는 다시 받고 싶고, 그렇잖으면 가만히 서서 그저 아무 것도 아닌 정말 아무 것도 아닌 것을 보고 웃어대고 싶은 순간들이 있었다.

만일 나이 서른을 먹은 당신이 자기가 사는 집의 길모퉁이를 꼬부라져 갈 때 갑자기 어떤 행복감―완전무결한 행복감―이 마치 늦은 오후의 빛나는 태양의 한쪽을 갑자기 삼켜서 그것이 당신의 가슴 속에서 이글이글 타올라 소나기 같은 불꽃을 손가락 끝에서 발가락 끝에 이르기까지 온 몸뚱이가 사방으로 내뿜는 듯한 그런 행복감에 사로잡힌다면 어떻게 하겠는가?

아, 당신은 '술에 취해서 난잡하게' 되지 않고서는 이 기분을 표현할 수 없단 말인가? 문명이란 얼마나 어리석은가! 만일 진귀한 바이올린처럼 육체를 케이스 속에 가두어둬야만 된다면 육체는 무슨 소용이 있단 말인가?

아니다! 바이올린 이야기를 하려는 것이 아니야, 하고 그녀는 생각했다. 그리고 층계 위로 뛰어올라가서 열쇠를 찾으려고 가방을 뒤졌다. 늘 그렇듯이 열쇠를 잊어버리고 있었다. 그래서 우편함을 덜컥덜컥 흔들어 소리를 냈다.
"내가 말하려는 건 그게 아니었는데. 왜냐하면……고맙다, 메리."
그녀는 현관으로 들어갔다.
"유모는 들어왔니?"
"네, 아씨."
"그리고 과일도 가져오고?"
"네, 아씨. 모두 다 가져왔어요."
"과일을 식당으로 가져와. 이 층에 올라가기 전에 정돈해야지."
식당은 어둠침침하고 무척 추웠다. 그런데도 버더는 코트를 벗어버렸다. 코트가 몸에 꼭 죄어서 잠시라도 견딜 수가 없었다. 차가운 냉기가 팔에 썰렁하게 와닿았다.
그러나 그녀의 가슴 속에는 아직도 찬란히 빛나는 구석이 있어 소나기 같은 불꽃을 내뿜고 있었다. 그것은 거의 견디기 어려울 정도였다. 그 불꽃을 더욱 세게 부채질하게 될까 걱정이 되어 숨도 제대로 쉬지 못했다. 그러나 깊숙이 들이마셨다. 차가운 거울을 들여다볼 용기도 없었지만…… 들여다보니 미소를 띤 떨리는 입술에 크고 검은 두 눈, 무엇인지 꼭 일어날 것같은 그런 훌륭한 일에 귀를 기울이며 기다리고 있는 찬란한 여자의 모습이 거울 속에 비춰져 있었다.
메리는 쟁반에 담긴 과일과 유리그릇과 우유 속에 담겨졌던 것처럼 이상한 빛이 나는 굉장히 아름다운 푸른 접시를 들고 들어왔다.

"아씨, 불을 켤까요?"

"아니, 괜찮아. 잘 보이는데."

귤과 딸기빛으로 물든 사과가 있었다. 비단결처럼 매끈한 노란 배와 하얀 가루를 뒤집어쓴 청포도와 보랏빛 나는 커다란 포도송이도 있었다. 이 포도는 식당에 새로 깐 양탄자와 빛깔을 맞추려고 사온 것이었다. 물론 억지소리 같고 똥딴지 같은 소리로 들리지만, 정말 그 때문에 산 것이었다. 가게에서 양탄자의 빛깔이 탁자 위의 과일과 어울리도록 보랏빛 포도를 좀 사야겠다고 생각을 했다. 그때는 그것이 아주 그럴 듯한 생각으로 여겨졌다.

그녀가 과일정돈을 마치고 탐스럽고 둥근 모양의 과일이 피라미드 형으로 두 무더기 쌓였을 때 그녀는 식탁에서 물러나 과일이 어떻게 쌓여졌는가를 바라보았다. 그런데 그것은 정말 신기하기만 했다. 검은 식탁은 어둑어둑한 빛 속으로 사라져버리고, 유리그릇과 푸른 접시만이 허공에 떠올랐기 때문이다. 그것은 물론 그녀의 기분으로서는 믿을 수 없을 만큼 아름다웠…… 그녀는 소리내어 웃기 시작했다.

'아니, 아니야. 내가 지나치게 흥분하고 있나봐.'

그래서 그녀는 가방과 코트를 집어들고 2층 아기방으로 올라갔다.

유모가 딸아이를 목욕시키고 나서 낮은 식탁에 앉혀놓고 저녁을 먹이고 있었다. 딸아이는 하얀 플란넬 가운에다 푸른 색 털자켓을 입고 있었으며 검고 가느다란 머리는 빗겨 올려져 조그맣고 예쁜 봉우리가 만들어져 있었다. 엄마를 보자 쳐다보며 들썩이기 시작했다.

"자, 아가, 이걸 다 먹어야지, 착하지."

유모는 버더가 익히 알고 있는 표정으로 입술을 좋끗 내밀면서 말했다. 이것은 아기 엄마가 적당하지 않은 때에 아기 방에 들어왔다는 내색이었다.

"내니, 아기 잘 놀았어요?"

"저녁부터 줄곧 잘 놀았어요. 아까 공원에 가서 아기를 유모차에서 내려 의자에 앉혀놨어요. 그런데 큰 개가 다가와서 내 무릎 위에 얼굴을 기대니까 아기가 개귀를 잡아당기고 그랬어요. 아, 아씨가 그 모습을 보셨어야 하는 건데."

내니는 작은 목소리로 말했다.

버더는 아기가 낯선 개의 귀를 잡아당기도록 내버려둔다는 것은 좀 위험한 일이 아니겠느냐고 물어보고 싶었다. 그러나 그럴 만한 용기는 없었다. 그녀는 인형을 가진 부잣집 소녀 앞에 선 가난한 소녀처럼 손을 허리에 대고 아기와 유모를 바라보고 있었다.

아기도 엄마를 한참 동안 쳐다보더니 너무 예쁜 미소의 표정을 지었기 때문에 버더는 그만 소리를 지르고 말았다.

"아, 내니, 목욕시킨 것 치울 동안 내가 마저 먹일게요."

"글쎄요, 아씨. 밥 먹일 때 사람이 바뀌어서는 안되는데요. 불안하게 만들 거예요. 놀라기 쉬워요."

내니는 아직도 작은 목소리로 말했다.

얼마나 뚱딴지 같은 이야기인가. 어린 아기가 귀하디 귀한 바이올린처럼 케이스 속이 아닌 다른 여자의 품 속에만 맡겨진다면 아기는 있어서 무엇하겠는가?

"아, 내가 먹여야겠어!"

그녀는 말했다.

내니는 무척 화가 나서 아기를 내주었다.

"그런데 저녁 먹이고 나서 너무 자극시키지 마세요. 곧잘 그러시니까요, 아씨. 그러고 나면 아기를 다루기가 힘들어져요!"

고마워라! 내니는 목욕수건을 들고 방을 나갔다.

"이제 내 손에 들어왔구나, 귀염둥이."

아기가 자기에게 기대자 그녀는 말했다.

아기는 숟가락에 입술을 대려고 내밀기도 하고 손을 흔들기도 하면서 즐겁게 받아 먹었다. 어떤 때는 숟가락을 물고 안 놓기도 하고, 또 어떤 때는 버더가 숟가락을 뜨자 마자 손을 저어 사방으로 흩어지게 하기도 했다.

수프를 다 먹었을 때 버더는 난롯불 있는 쪽으로 돌아섰다.

"착해라…… 정말 착하고 말고! 귀여워라. 예쁘다, 응."

그녀는 말하면서 아기에게 훈훈한 입맞춤을 했다.

그런데 버더는 정말 딸아이를 어찌나 사랑했는지…… 몸을 앞으로 구부릴 때의 목덜미와 난롯불에 환히 비치는 귀여운 발가락 등을 너무 좋아했기 때문에 모든 행복감이 되살아났다. 그녀는 그것을 어떻게 표현해야 좋을지, 어떻게 했으면 좋을지를 몰랐다.

"전화 왔어요."

내니가 의기양양하게 돌아와서 어린 아이를 빼앗으면서 말했다.

아래층으로 급히 내려갔다. 해리한테서 온 전화였다.

"아, 당신이오? 여보, 나 좀 늦겠어. 택시를 타고 빨리 가겠지만 저녁식사를 10분만 늦춰요. 응, 괜찮겠지?"

"네, 괜찮아요. 아, 해리!"

"괜찮지?"

뭐라고 말해야 되나? 그녀는 할 말이 없었다. 그저 잠깐 동안 그러고 싶었을 뿐이었다. 그녀는 쑥스럽게도 이렇게 소리를 지를 수는 없었다.

"좋은 날씨였잖아요!"

"그런데 뭐 말이야?"

조그마한 목소리가 나무라듯 물었다.

"아무 것도 아니에요. 됐어요."

버더는 말했다. 그리고 수화기를 놓고 나서 문명이란 얼마나 어리석은가 하고 생각했다.

저녁식사에 초대된 손님들이 모여들었다.

노만 나이트 부부는 무척 착실한 부부로서 남편은 극장을 시작하려고 하고 아내는 실내장식에 무척 민감했다. 그리고 손님들 중에는 작은 시집詩集을 출판해서 모든 사람들에게 식사를 초대받는 젊은 에디 워렌과 버더가 우연히 찾아낸 펄 훨트이라는 여자도 있었다. 훨트 양이 무얼 하는 여자인지 버더는 알지 못했다. 그들은 클럽에서 만나게 되었다. 버더는 어딘지 신비스러운 데가 있는 아름다운 여자라면 항상 좋아하게 되었는데, 그 아가씨도 그런 부류에 속하는 여자였다.

그들이 여러 번 만나서 자리를 같이했고 대화를 나누었는데도 버더가 그녀의 정체를 이해하지 못하는 것이 버더의 마음에 걸리는 일이었다. 휠튼 양은 어느 정도까지는 놀랍도록 솔직했다. 그러나 그것이 한계인지, 그 이상은 마음을 터놓지 않았다.

마음을 터놓지 않는 곳에는 무슨 보물단지라도 있는 것일까? 해리는 없다고 말했다. 남편은 그녀가 재미없고 모든 금발의 여자처럼 아마 빈혈기가 있는 냉정한 여자일 것이라고 단정해버렸다. 그러나 버더는 남편의 생각에 찬성하지 않았다. 하여간 아직까지는 동의하지 않았다.

"아니에요. 휠튼이 한쪽으로 머리를 갸우뚱하게 하고 미소지으면서 앉아 있는 그 모습 이면에는 뭣인가가 도사리고 있어요, 해리. 그게 뭔지 꼭 알아야겠어요."

"그건 아마 위장병 탓이겠지."

해리가 대답했다.

그는 "여보, 간장이 냉한 거겠지"라느니, "위장에 가스가 가득 차 있군"이라느니, "신장병이야"하는 등등으로 대답해서 버더를 당황하게 했다. 무슨 야릇한 이유에서인지 버더는 그런 말을 좋아했고 거의 극찬까지 하는 것이었다.

그녀는 응접실에 가서 난롯불을 지폈다. 그러고 나서, 메리가 세심하게 늘어놓은 쿠션을 하나씩 집어서 의자나 침상에 던져놓았다. 방이 아주 달라져서 생기가 돌았다. 마지막 쿠션을 막 던지려고 할 때 갑자기 그것을 힘차게, 아주 힘차게 껴안는 자신을 발견하고 깜짝 놀랐다. 그러나 가슴 속에 타오르는 불은 꺼지지 않았다. 아, 오히려 그 반대였다.

응접실의 창문들은 정원을 내다보는 발코니 쪽으로 열려 있었다. 정원 저쪽 끝에는 벽을 등지고 쭉 뻗은 후리후리한 배나무 한 그루가 풍요하게 만발해 있었다. 비취색의 푸른 하늘을 배경으로 조용히 그리고 더할 나위 없이 아름답게 서 있었다. 버더는 여기에서 멀리 떨어져 있는 거리인 데도 단 하나의 꽃봉오리나 시든 꽃잎이 그 나무에 매달려 있지 않다는 것을 느낄 수가 있었다. 훨씬 아래쪽 화단에는 빨갛고 노란 튤립들이 꽃송이 때문에 고개가 무거워 황홀에 의지하고 있는 것처럼 보였다. 회색 고양이 한 마리가 배를 질질 끌면서 잔디밭을 지나갔고 그 그림자가 뒤를 따랐다. 무척 앙큼하고도 재빠른 동작을 보자 버더는 이상하게 몸이 오싹했다.

"고양이라는 놈은 정말 소름끼치는 동물이야."

그녀는 더듬거렸다. 그리고 창가를 떠나 이리저리 거닐었다…….

따뜻한 방에 노란 수선화 향기가 강하게 풍겼다. 너무 강렬할까? 아, 그렇지 않다. 그러나 그녀는 압도당한 것처럼 침상에 몸을 던지고는 손으로 눈을 지긋이 눌렀다.

"난 너무 행복해…… 너무너무 행복하고 말고!"

그녀는 중얼거렸다.

그리고 그녀는 자기 생활의 상징인 양, 활짝 꽃이 핀 아름다운 배나무가 눈 앞에 보이는 듯했다.

정말…… 정말…… 그녀는 모든 것을 가지고 있었다. 그리고 젊었다. 해리와 그녀는 언제나 한결같이 서로 사랑하고 훌륭하게 마음이 맞는 정말 좋은 부부였다. 귀여운 딸아이도 있었다. 돈걱정은 필요없었다. 나무랄 데 없는 집과 정원도 있었다. 그리고 세련되고 흥미진진한 친구들, 작가들, 화가들, 시인들, 사회문제에 민감한 사람들…… 버터 부부가 사귀고 싶었던 그런 친구들이었다. 그리고 책도 있고 음악도 있었다. 거기에다 훌륭한 양장점도 발견해놓았고 여름에는 외국으로 여행할 예정이고 새로 들어온 요리사가 아주 맛있는 오믈렛을 만들고…….

"내가 뚱딴지 같은 소리를 하고 있어. 뚱딴지 같은 소리를!"

그녀는 일어나 앉았다. 그러나 현기증이 났다. 아주 취한 것같은 기분이었다. 틀림없이 계절탓이리라.

그렇다. 때는 봄이었다. 이젠 너무 노곤하기 때문에 2층으로 옷 갈아입으러 갈 기운도 없었다.

흰 드레스에 비취색 목걸이, 푸른 색 구두에 양말……. 이런 옷차림은 미리부터 생각해둔 것은 아니었다. 몇 시간 전 응접실 창가에 서 있을 때 그녀가 생각해낸 것이다.

배꽃 꽃잎인 양 그녀는 조용히 옷자락을 스치면서 현관으로 들어가서 노만 나이트 부인에게 키스를 했다. 그 부인은 무척 재미있는 오렌지빛 코트를 벗고 있었는데 단과 앞깃에는 까만 원숭이의 무늬가 나란히 수놓아져 있었다.
"……정말! 정말! 왜 중산층 사람들은 그렇게 무미건조할까요. 전혀 유머를 모르다니! 내가 여기까지 온 건 순전히 요행이라니까요. 노만이 나를 보호해준 덕택이에요. 왜냐하면 내 귀여운 원숭이 무늬가 열차내의 사람들을 어찌나 당황하게 만들었는지 그들이 한 사람도 빠짐없이 일어서서는 나를 집어삼킬 듯이 노려보았으니까요. 웃지도 않고, 재미있어 하지도 않고요. 그랬더라면 내가 얼마나 좋아했겠어요. 그런데 그냥 쳐다보는 거예요. 뚫어지게 자꾸만 쳐다보는 거예요."
"그렇지만 그 얘기 중에서 가장 재미있었던 건, 얘기해도 괜찮겠소, 페이스?(집안에서나 친구들 앞에서는 서로 페이스와 머 그라고 불렀다) 가장 재미있었던 건 아내가 사람들의 눈총을 실컷 받고 나서 곁에 있던 부인을 돌아보며, '원숭이를 전에 본 적이 없나요?' 하고 말했을 때였지요."
노만 씨는 귀갑龜甲 테두리의 외알 안경을 눈에 끼면서 말했다.
"아, 그래요! 너무 재미있지 않아요?"
노만 나이트 부인도 따라 웃었다.
그런데 더 재미있는 것은 부인이 코트를 벗자, 그 부인이 무척 영리한 원숭이처럼 보인 일이었다. 노란색 비단 드레스까지도 바나나 껍질을 까서 만든 것같았고 호박琥珀 귀고리 또한 달랑달랑 매달린 작은 나무열매 같았다.
"이건 화제가 형편없이 돼버렸군."

머그는 말하고 나서 꼬마 버더의 유모차 앞에서 멈추었다.
"유모차가 현관으로 들어올 때는……."
그는 말하면서 손만 흔들어 보이고, 나머지 말은 그만두었다.
초인종이 울렸다. 여위고 창백한 얼굴을 한 에디 워렌이었다. 늘 그러하듯이 수심에 찬 얼굴이었다.
"이 집이 맞지요?"
그는 불쑥 물었다.
"아마, 그럴 거예요…… 그렇기를 바라요."
버더는 명랑하게 말했다.
"택시 운전수한테서 무시무시한 꼴을 당했지요. 지독하게 심술궂은 친구였어요. 택시를 세워주지 않더군요. 차창을 두들기면서 소리를 지르니까 더 빨리 달리더군요. 그런데 달빛 속에 머리를 숙인 기괴한 사람이 조그만 핸들 위에 웅크리고……."
그는 몸을 떨면서 커다란 흰 실크 머플러를 풀었다. 버더는 그의 양말도 빛깔이 희다는 것을 알았다. ……무척 매력적이었다.
"그런데 얼마나 무서웠겠어요!"
그녀는 외쳤다.
"그럼요, 정말 무서웠어요. 정말 영구永久한 택시를 타고 영원 속으로 달리는 기분이었지요."
에디는 말했다. 그리고 버더를 따라 응접실로 들어갔다.
그는 노만 나이트 부부와는 구면이었다. 사실, 그들의 극장경영·계획이 잘 되어가면 그들을 위해서 희곡을 한 편 쓰려던 참이었다.
"그런데, 워렌, 그 희곡은 어떻게 되었소?"
노만 나이트는 말하면서 외알 안경을 벗고는 다시 끼기 전에 잠시 눈을 치떴다.
그런데 노만 나이트 부인이 말했다.
"어머, 워렌 씨, 양말이 정말 멋지군요!"
"좋게 봐주셔서 고맙습니다."
그는 발을 내려다보면서 말했다.
"달빛에 더욱더 희게 보이는 것같군요."
그러고는 슬픔에 잠긴 여윈 얼굴을 버더에게 돌렸다.
"달이 떴어요."
"확실히 떴어요…… 늘상…… 늘!"
그녀는 소리치고 싶었다.
그는 정말 매력 있는 사람이었다. 그러나 바나나색 드레스를 입고 난롯불 앞에 웅크리고 앉아 있는 페이스도 그랬고 담뱃재를 털며 "왜 집주인의 귀가가 늦을까?" 하고 말하고는 담배를 한 모금 빠는 머그도 매력있는 사람이었다.
"이제 오는군."
현관문이 쾅 하고 열렸다가 닫혔다. 해리는 외쳤다.
"자, 여러분, 5분 후에 내려옵니다."
그리고 그들은 해리가 계단을 올라가는 소리를 들을 수 있었다. 버더는 웃지 않을 수 없었다. 그가 무슨 일이든지 서둘러 하기를 좋아하는 것을 알았기 때문이다. 5분 더 걸리는 게

도대체 무슨 큰 문제가 되는가? 그런 데도 그는 그게 큰 문제나 되는 것처럼 야단을 떨었다. 그러고 나서는 지나칠 정도로 냉정하고 침착한 태도로 응접실에 나타나곤 했다.

해리는 인간관계에 대해서 이런 열의가 있었다. 아, 그녀는 그의 이런 점을 무척 높이 평가했다. 그리고 그의 투쟁열—자기에게 맞서는 어떤 것에서든지 자기의 힘과 용기를 다시 한번 시험해보는 기회를 찾는—도 그녀는 이해하고 있었다. 그가 너무 흥분을 잘 하기 때문에 그를 잘 모르는 사람들에게는 다소 우스꽝스럽게 보이는 때도 종종 있긴 했다. 공연히 싸움에 덤벼드는 때도 있었으니까…….

그녀는 이야기하고 웃고 하느라고 그가 방에 들어올 때까지는(그녀가 상상한 그대로) 펄 휠튼이 나타나지 않았다는 사실마저 까맣게 잊어버리고 있었다.

"휠튼 양이 잊어버린 건 아닌지요?"

"그렇게 생각되는데 그 집에 전화 있나?"

해리가 물었다.

"어머! 지금 택시가 왔어요."

버더는 자기가 발견한 여자들이 새롭고 신비스러운 동안은 언제나 취한 자기가 돌보아주는 사람이라는 듯한 태도로 미소를 띠고 말했다.

"그녀는 늘 택시만 타니까요."

"그러면, 몸이 뚱뚱해질 텐데."

해리는 차분하게 말하고 나서 저녁식사를 하자는 초인종을 눌렀다.

"금발의 여자들은 그럴 위험성이 다분히 있지."
"해리…… 그만두세요."
버더는 나무라면서 웃는 얼굴로 그를 쳐다보았다.
잠시 그들은 좀 지나치게 편안하고 좀 지나치게 모르는 척하면서 웃고 이야기하고 기다렸다. 이내 휠튼 양은 온통 은빛 의상으로 휘감고 엷은 금발머리에 은빛 리본을 매고는 고개를 약간 기울이고서 미소를 띠며 들어왔다.
"늦었죠?"
"아니, 조금도 안 늦었어요. 이리 오세요."
버더가 말했다. 그리고 그녀의 팔을 잡고 식당으로 들어갔다.
그 싸늘한 팔의 감촉이 버더가 어찌할 바를 몰랐던 그 희열의 불길에 불을 지르고…… 또 지르고…… 활활 타오르게 할 수 있었던 것은 무엇이었을까?
휠튼 양은 버더를 바라보지 않았다. 그녀는 그 당시 어느 누구도 똑바로 쳐다보는 일이 별로 없었다. 무거운 눈꺼풀이 눈을 덮고 입가에는 야릇한 미소가 가냘프게 스쳐갔다. 마치 그녀는 보는 것으로서가 아니라 듣는 것으로 살아가는 듯했다. 그러나 버더는 갑자기, 마치 두 사람이 한동안 서로 친한 시선을 주고 받기나 한 것처럼…… 서로 "당신도 그래?"하듯이…… 회색 접시에 담긴 아름다운 붉은 수프를 젓고 있는 휠튼 양도 자기와 똑같은 감정을 느끼고 있다는 것을 알았다.
그리고 다른 사람들은? 페이스와 머그, 에디와 해리는

숟가락을 오르락 내리락 하고 냅킨으로 입술을 닦아가며 빵을 자르고 포크나 유리잔을 만지작거리면서 이야기도 하곤 했다.

"나는 그 여자를 알파 쇼에서 만났는데…… 이상하리만큼 작은 여자예요. 머리를 짧게 잘랐을 뿐 아니라 다리도 팔도 목도 그리고 조그마한 코까지도 다 가위로 잘라낸 것같았어요."

"마이클 오트하고 가깝지 않아요?"

"《의치義齒의 사랑》을 쓴 그 사람 말이오?"

"나를 위해서도 희곡 한 편을 써주겠대요. 1막짜린데 한 사람이 등장하는 걸로. 자살을 결심한다나요. 왜 자살을 해야 하며, 또 해서는 안되는가 하는 모든 이유를 설명한대요. 그래서 자살을 할 것인가 안할 것인가를 결심하는 바로 그 순간에 대단원의 막이 내린대요. 아주 좋은 착상이야."

"제목은 어떻게 붙일 건가요…… '배앓이'?"

"영국에서는 과히 알려져 있지 않은 조그만 프랑스 평론지에서 그와 같은 착상을 본 것같은데요."

'아니야, 이 사람들은 나와 같은 생각을 갖고 있지는 않다' 하고 버더는 마음 속으로 생각했다. 모두가 좋은…… 좋은 사람들이었다. 그래서 그녀는 이렇게 자기 집 식탁에 초대해서 맛있는 음식과 술을 대접하는 것을 좋아했다. 사실, 그들이 얼마나 즐겁고 얼마나 훌륭한 모임을 이루며 서로가 얼마나 돋보이게 하며, 마치 체홉의 희곡을 실감나게 한다는 것을 손님들에게 말해주고 싶었다.

해리는 식사를 즐기고 있었다. 음식 이야기를 하고 '이집트 무희舞姬의 눈꺼풀처럼 차갑고 푸른…… 피타시오 열매의 향료를 넣은 빙과의 푸른 색'이라든가 '새우의 흰 살을 염치없이 좋아한다'라는 등등을 자랑한다는 것은 글쎄, 그의 천성도 아니요, 그가 꾸며대는 자세는 더더욱 아니며 그저 그의…… 뭐 하여간 그런 것이었다.

그가 버더를 쳐다보며 "버더, 이건 정말 훌륭한 스플레군!"하고 말했을 때, 그녀는 어린 아이처럼 너무 기뻐서 눈물이 나올 지경이었다.

아, 그녀는 왜 오늘밤 유난히도 온 세상에 대해서 다정하게 느껴지는 걸까? 모든 것이 좋았고…… 잘 되었다. 모든 일이 일어날 적마다 넘쳐 흐르는 그녀의 행복의 잔을 다시 채워주는 것만 같았다.

더욱이 그녀의 마음 속에는 그 배나무가 있었다. 그 나무는 에디가 아까 말했던 그 달빛을 받고, 거기 앉아서 가냘픈 손가락으로 귤을 뱅뱅 돌리는데 손가락이 어찌나 창백한지 빛이 날 것만 같은 휠튼 양처럼 지금쯤은 은빛이리라.

버더가 아주 이해 못하는 것은…… 신기한 일은 휠튼 양의 기분을 어쩌면 그렇게도 정확하게, 그렇게도 금방 추측할 수 있었던가 하는 것이다. 자기가 옳다는 것을 잠시도 의심한 적이 없었지만 근거로 내세울 만한 것이 있는가? 아무것도 없다.

이런 일이 여자들 사이에 일어난다는 것은 좀처럼…… 정말 드문 일이다. 남자들 사이에서는 결코 있을 수 없다. 그러나 버더는 내가 응접실에서 커피를 만들고 있을 때 아마 그녀는 무슨 눈치를 보일지도 모른다고 생각했다.

그것이 무슨 뜻인지 자기도 몰랐고 다음엔 무슨 일이 일어날지 상상도 못했다.

이런 생각을 하는 동안에도 그녀는 이야기를 하고 웃기도 했다. 웃고 싶은 생각 때문에 이야기를 하지 않을 수 없었다.

"웃어야지, 안 그러면 죽겠어."

그러나 페이스가 앞가슴에 도토리를 남몰래 조금 감춰둔 것처럼 조끼 앞을 이따금씩 먼지를 쓸어내리듯 하는 재미있는 습관을 발견했을 때 버더는 너무 크게 웃지 않으려고 손톱으로 손을 꼬집었다.

마침내 식사가 끝났다.

"새로 장만한 커피세트를 와서 보세요."

버더가 말했다.

"두 주일에 한 번씩만 새 커피세트를 사용하지요."

해리가 말했다. 페이스가 이번에는 버더의 팔을 잡았다. 휠튼 양은 고개를 숙이고 뒤를 따랐다.

"응접실의 난롯불이 죽어서 빨갛게 깜박이는 게 불사조 새끼들의 보금자리 같군요."

페이스가 말했다.

"잠깐만 불을 지피지 마세요. 너무 아름답군요."

그리고 다시 불 옆에 웅크리고 앉았다. 항상 추위를 탔다.

물론 그 작고 붉은 플란넬 자켓을 입지 않아서 그렇겠지 하고 버더는 생각했다.

바로 그때 휠튼 양이 눈짓을 했다.

"정원이 있나요?"

싸늘하면서도 졸린 듯한 목소리로 물었다.

버더는 이 물음이 얼마나 아름다운지, 그저 복종할 수밖에 없었다. 그녀는 방을 건너가서 커튼을 걷고 기다란 창문을 열었다.

"보세요!"

그녀는 속삭였다.

그래서 두 여자는 나란히 서서 키가 크고 꽃이 만발한 나무를 구경했다. 그 나무는 그지 없이 고요했지만 마치 촛불의 불꽃처럼 청명한 하늘에 뾰족하게 뻗어오르고 발발 떨며 자꾸만 커져서 둥근 은빛달 언저리에까지 닿을 것만 같았다.

그들은 거기 얼마나 오랫동안 그렇게 서 있었는지? 말하자면 별세계別世界의 두 사람은 이 지상의 것이 아닌 둥근 빛 속에 파묻혀서 완전히 서로를 이해하고 그들 가슴 속에서 타오르는 은빛 꽃잎처럼 그들의 머리나 손에서 떨어지는 이 모든 행복스러운 보물을 간직하고 이 세상에서 무엇을 해야 좋을까 하고 생각했다.

"영원…… 한순간?"

휠튼 양이 중얼거렸다.

'그럼, 바로 그거야.'

혹은 버더가 꿈꾼 것일까?

그때 불이 반짝 켜졌다. 페이스는 커피를 만들고 해리가 말했다.

"나이트 부인, 어린애 얘기는 묻지 마세요. 그애를 잘 안 보지요. 장차 커서 애인이나 생기면 모르지만 그 안에는 그 애에 대해서 조금도 흥미 없어요."

머그는 잠시 외알 안경을 눈에서 뗐다가 다시 끼었다. 그리고 에디 워렌은 커피를 마시더니 마치 거미라도 본 것처럼 상을 찌푸리면서 찻잔을 내려놓았다.

"내가 말하고 싶은 건 젊은이들에게 연극의 기회를 주자는 거지요. 런던에는 제1급에 속하는 작품이지만 상연되지 않은 희곡들이 많다고 봅니다. 내가 말하고 싶은 건 '여기 극장이 있다. 빨리 시작하라'는 거지요."

"난 제이콥 네이단 씨 댁의 방을 장식하기로 했는데요. 아, 생선튀김 같은 도안을 꼭 만들어보고 싶군요. 의자 등을 프라이팬 모양으로 만들고 커튼 전면에는 얇게 썬 감자 모양으로 예쁘게 수를 놓고요."

"우리 젊은 작가들의 결점은 너무 지나치게 낭만적이라는 거야. 바다에 나가려면 배멀미도 하니까 대야를 준비해야 하는 것처럼. 그런데 그들은 왜 대야를 들고 갈 용기가 없는가 말이야?"

"조그마한 숲 속에서 코 없는 거지에게 강간당한 소녀에 관한 무서운 시詩가……"

휠튼 양은 낮고 깊숙한 의자 속에 푹 파묻혀 있었고 해리는 담배를 돌렸다.

해리가 휠튼 양 앞에서 은빛 담배 케이스를 흔들면서 무뚝뚝하게 "이집트 산産? 터키 산? 버지니아 산? 모두 섞여 있습니다"하고 말하는 태도에서 버더는 그를 역겨워 할 뿐만 아니라 그가 정말 그녀를 싫어한다는 것을 깨달았다. 그리고 훨튼 양의 입장에서도 "아니 괜찮아요, 안 피우겠어요" 하고 말하는 태도로 보아 그녀도 해리가 자기를 싫어하고 있다는 것을 알고 있으며 그래서 기분이 상한 것이라고 버더는 단정을 내렸다.

"아, 해리, 그 여자를 싫어하지 마세요. 당신은 그 여자를 잘못 보고 계세요. 그 여자는 훌륭해요, 훌륭한 여자예요. 그리고 나에게 그렇게도 소중한 여자를 어떻게 당신은 다르게 생각할 수 있어요? 오늘밤 잠자리에 들면 그 동안 일어났던 일을 말씀드리죠. 그 여자와 내가 같이 생각하고 있는 것을 말이에요."

이 마지막 말을 하자 이상야릇한, 거의 두려움에 가까운 무엇이 버더의 마음에 불현듯 떠올랐다. 그리고 이 맹목적이고도 미소를 머금은 무엇이 그녀에게 속삭이는 것이었다.

"이 손님들은 곧 돌아가게 된다. 그러면 이 집은 조용해질 것이다⋯⋯ 조용하게 된다. 불도 꺼질 것이다. 그러면 당신과 남편만이 어두운 방⋯⋯ 따스한 침대에 단 둘만이 남게 될 것이다⋯⋯."

그녀는 의자에서 벌떡 일어나 피아노 있는 쪽으로 뛰어갔다.

"아무도 치지 않다니 천만 유감이군요! 아무도 치지 않다니 말이에요."

그녀는 소리를 질렀다.

버더 영은 생전 처음으로 남편이 그리웠다.

아, 그녀는 남편을 사랑했다…… 물론 여러가지 방법으로 남편을 사랑해왔다. 그렇지만 꼭 이런 방법으로는 아니었다. 그리고 물론 남편도 그렇지 않다는 것을 그녀는 알고 있었다. 그들은 이 문제를 자주 상의했다. 그녀는 자기가 처음엔 너무 냉담하다는 것을 알고 굉장히 걱정이 되었지만, 얼마 안 가서 그것은 별로 문제되지 않았다. 그들은 서로가 솔직한…… 너무도 훌륭한 부부였다. 그것이야말로 가장 이상적인 부부라고 할 수 있었다.

그러나 지금은…… 불타듯! 불타듯! 그 말이 그녀의 불붙은 몸을 흔들었다. 왜 행복감은 이런 욕망으로 이르는 것인가? 그러나 그렇다면…….

"저, 부끄러운 말씀이지만, 우리들은 시간과 기차에 제약을 받고 있어요. 햄프스테드에 살고 있으니까요. 정말 재미있었어요."

노만 나이트 부인이 작별 인사말을 했다.

"현관까지 같이 가겠어요. 와주셔서 고맙습니다. 그런데 막차를 놓칠 수야 없지요. 큰일 아니겠어요?"

버더가 말했다.

"나이트 씨, 가시기 전에 위스키 한잔 드시지요?"

해리가 말했다.

"괜찮아요."

버더는 그 말을 듣고 감사해서 악수하던 나이트의 손을 꼭 쥐었다.

"안녕, 잘들 가세요."

그녀는 층계 꼭대기에서 소리치면서 자신이 그들과 영원히 헤어지고 있다는 생각을 했다.

그녀가 응접실로 다시 돌아오자 다른 손님들도 막 일어서려는 참이었다.

"……그럼 내 택시로 중간까지 가실 수 있습니다."

"그 무시무시한 일을 겪고 난 뒤라 또 혼자 타지 않게 되어 다행입니다."

"저 거리 끝에 있는 주차장에서 택시를 잡을 수 있어요. 조금만 걸으면 되니까요."

"그것 참 다행입니다. 가서 코트 입고 오겠어요."

휠튼 양은 현관 쪽으로 갔다. 그런데 버더가 뒤따라가려고 하자 해리는 거의 떼밀다시피 하며 나섰다.

"내가 도와드리지."

버더는 그가 자기의 무례함을 뉘우치고 있다는 것을 알았다. 그래서 그녀는 그를 가도록 내버려두었다. 어떤 점에 있어서 그는 무척 소년 같은 데가 있었다. 몹시 충동적이고, 몹시 순진한 데가 있었다.

그래서 에디와 버더는 난롯불 옆에 단 둘이 남게 되었다.

"'정식定食'이라는 밀크의 새로운 시를 읽어보셨는지요. 참 훌륭하더군요. 최근의 선집選集에 들어 있대요. 그 책 가지고 계시나요? 보여드리고 싶어요. '왜 언제나 토마토 수프라야만 되나요?' 하고 시작되는 멋진 시랍니다."

에디가 부드럽게 말했다.

"봤어요."

버더가 말했다. 그리고 응접실 문 맞은 편에 있는 식탁으로 조용히 갔다. 에디도 덩달아 조용히 따라갔다. 버더는 그 조그마한 책을 집어서 그에게 주었다. 그들은 소리를 내지 않았다.

에디가 그 책을 들여다보고 있을 때 버더는 현관쪽으로 머리를 돌렸다. 거기에서 본 것은…… 해리가 휠튼 양의 코트를 들고 있었고 휠튼 양은 등을 돌리고 고개를 숙이고 있었다. 그는 코트를 내던져버리고 그녀의 어깨를 잡고서 격한 동작으로 자기에게로 몸을 홱 돌렸다. 그의 입술은 '당신을 사모해' 하고 말하는 것같았다. 휠튼 양은 달빛 같은 흰 손가락을 그의 볼에 대고 은근히 미소를 지었다. 해리의 콧구멍이 벌렁거렸다. '내일' 하고 속삭일 때 그의 입술은 싱긋 웃느라고 흉칙하게 비뚤어졌다. 그리고 휠튼 양은 눈꺼풀로 '네' 하고 대답했다.

"여기 있군요. '왜 언제나 토마토 수프라야만 되나요?' 이건 의미심장한 진리지요. 안 그래요? 토마토 수프는 아주 정확하니까요."

에디가 말했다.

"원한다면 전화를 걸어 문 앞까지 택시를 불러드릴 수 있어요."

"어머, 아니에요. 그럴 필요 없어요."

휠튼 양은 말하고 나서 버더한테로 와서 그 가냘픈 손가락을 쥐어주었다.

"안녕, 정말 고마웠어요."

"안녕히 가세요."

버더가 말했다.

휠튼 양은 잠시 그녀의 손을 잡고 있었다.

"아름다운 배나무예요!"

그녀는 속삭였다.

그러고 나서 그녀는 가버렸다. 에디는 회색 고양이를 따라가는 검은 그림자처럼 뒤따라갔다.

"오늘 파티를 끝내겠어요."

해리는 아주 냉정하고 침착한 태도로 말했다.

"아름다운 배나무…… 배나무…… 배나무!"

버더는 기다란 창문 쪽으로 뛰어갔다.

"아, 이제 무슨 일이 일어나려는가?"

그녀는 외쳤다.

그러나 그 배나무는 여전히 아름다웠고 꽃이 만발해 있으며, 고요하기만 했다.

가든 파티

그런데 날씨는 더할 나위 없이 좋았다. 가든 파티를 위해서 날씨를 미리 주문했다 하더라도, 이보다 좋은 날씨를 얻지 못했을 것이다. 바람 한점 없이 따뜻했으며 하늘에는 구름 한점 없었다.

다만, 푸른 하늘에는 밝은 금빛의 아지랭이로 덮여 있을 뿐이었다. 이것은 초여름에 가끔 볼 수 있었다. 정원사가 새벽부터 일어나 잔디를 깎고, 쓸고 했기 때문에 잔디와 전에 실국화가 가득 했던 장미꽃 모양의 검고 평평한 화단은 환히 눈에 띌 만큼 깨끗하게 정돈되어 있었다.

장미꽃으로 말한다면 가든 파티에 참석한 사람들이 가장 인상깊어 할 유일한 꽃이라는 것쯤은 이미 이해하고 있다고 느끼지 않을 수 없었다. 그것은 모든 사람들이 익히 알고 있는 유일한 꽃이었다. 수백 송이, 정말 문자 그대로 수백 송이에 해당하는 장미꽃들이 하룻밤 새에 활짝 피었고 초록색 장미 덩굴은 마치 대천사의 방문을 받아 절을 하고 있는 모습처럼 꽃송이가 많아서 장미꽃 나뭇가지가 휘어져 있었다.

아침식사가 채 끝나기도 전에 인부들이 천막을 치러 왔다.

"어머니, 천막을 어디다 칠까요?"

"얘야, 내게 물어본들 무슨 소용이 있니? 금년에는 만사를 너희들한테 맡기기로 결정했으니 내가 어머니라는 걸 염두에 두지 말고 다만 귀한 손님으로 모셔보려무나."

그러나 메그는 도저히 그 인부들을 감독할 수가 없었다. 그녀는 아침식사 전에 머리를 감아, 물에 젖은 까만 고수머리를 양 볼에 착 붙이고 녹색 모자를 쓰고 앉아서 커피를 마시고 있었기 때문이다. 멋쟁이 조스는 언제나 비단 속옷과 자켓을 입고 아래층으로 내려오곤 했다.

"로라, 네가 나가봐야 한다. 네가 제일 적격이니까 말야."

로라는 버터 바른 빵을 든 채 뛰어나갔다. 밖에서 먹어도 되는 구실을 만든 것이 무척 기뻤고, 게다가 뒤치다꺼리 일을 맡아 하는 것이 좋았기 때문이다. 또 그녀는 누구보다도 그 일을 훨씬 잘 할 수 있다고 늘 생각했다.

셔츠만 걸친 인부 네 사람이 정원 사잇길에 모여 서 있었다. 그들은 돛베천을 풀풀 감은 막대기를 들고 커다란 연장 자루를 어깨에 메고 있었다. 퍽 인상적인 모습이었다. 로라는 지금 버터 바른 빵을 공연히 들고 있다고 생각했다. 그러나 그것을 놓을 만한 마땅한 장소가 없었다. 그렇다고 내버릴 수도 없는 일이었다. 그녀는 얼굴이 붉어졌지만 인부들에게 다가갈 때는 엄숙하고 심지어는 눈을 약간 찌푸리는 표정을 지어 보였다.

"안녕하세요?"

로라는 어머니의 목소리를 흉내내며 말했다. 그러나 무척 꾸민 듯한 목소리로 들렸기 때문에 그녀는 부끄러움이 앞서 어린애처럼 말을 더듬었다.

"아—저 —오셨어요— 천막 일로!"

"그래요, 아가씨."

그들 중에서 키가 제일 크고 후리후리하며 얼굴에 주근깨가 난 인부가 말했다. 그는 연장자루를 다른 쪽 어깨로 바꿔 메면서 밀짚모자를 뒤로 젖혀 인사를 대신하고는 로라를 내려다보면서 웃었다.

"바로 그 일 때문이지요."

그 인부의 미소가 하도 상냥하고 다정다감해서 로라는 다시 기분이 나아졌다. 그 남자의 눈은 작긴 하지만 검푸른 눈빛은 얼마나 아름다운가! 다른 인부들을 쳐다보니 그들도 역시 미소를 짓고 있었다. '괜찮아요, 무서워 할 게 뭐 있어요?' 하고 그들의 미소는 말하는 것만 같았다. 얼마나 친절한 사람들인가! 게다가 얼마나 상쾌한 아침인가! 아침날씨가 좋다고 이야기할 때가 아니었다. 사무적인 이야기만 해야 한다. 천막 치는 일에 대해서만 이야기해야 한다.

"저 백합이 있는 잔디밭 속은 어때요, 괜찮아요?"

그리고 그녀는 빵을 들고 있지 않은 손으로 그쪽을 가리켰다. 인부들은 돌아서서 가리키는 쪽을 쳐다보았다. 키가 작고 뚱뚱한 한 인부는 아랫입술을 비죽 내밀었고 키가 큰 인부는 상을 찌푸렸다.

"난 마음에 들지 않는데요. 별로 눈에 띄지 않으니까. 천막 같은 건 말이오……."

그러고 나서 그는 친절하게 로라를 향해서 계속 말했다.
"어디든지 그저 눈에 확 꽂히는 장소에 천막을 치고 싶을 텐데요. 내 말을 알아들으시는지요."
로라가 교육받은 교양으로는 인부가 자기를 보고 '눈에 확 꽂히는' 따위의 저질적인 말투를 쓰는 것이 무례한 일이 아닐는지 하고 잠깐 생각되었지만, 그래도 그의 말을 잘 이해했다.
"정구장 구석은 어때요? 하긴 악단도 한 구석에 자리를 잡아야 할 거예요."
그녀가 넌지시 타진해보았다.
"흠, 악단도 올 건가요?"
다른 인부가 물었다. 그는 얼굴이 창백했다. 까만 눈으로 자세히 살펴보았을 때, 그는 야윈 표정을 짓고 있었다. 무엇을 생각하고 있을까?
"악단이래야 아주 작아요."
로라는 부드럽게 말했다. 만일 악단이 아주 작다면 그는 별로 신경쓰지 않을 것이다. 그러나 키가 큰 인부가 말참견을 했다.
"여봐요, 아가씨, 저기가 좋겠군요. 저 나무들을 배경으로 하고 말이오. 저기가 아주 멋있겠어요."
카라카 나무를 배경으로 한다. 그러면 그 나무들이 가려질 것이다. 잎새들이 넓게 퍼지고 싱싱하고 노란 열매들이 주렁주렁 달려서 그 나무들은 퍽 아름다웠다. 마치 인적이 없는 섬 한가운데에서 의기양양하고 고고히 무언지 말 없이 위엄 있는 자세로 하늘을 찌를 듯이 잎새와 열매를 높이 뻗치고 서 있는 모습이었다. 그런 나무들을 천막으로 꼭 가려야만 하는가?

가려야지 별 수 없었다. 인부들은 벌써 천막기둥을 둘러메고 그쪽으로 가고 있었다. 키가 큰 인부만이 남아 있었다. 그는 허리를 굽혀 라벤더 나뭇가지를 꺾어 엄지와 둘째 손가락 사이에 끼어 코에 대고 냄새를 맡았다. 로라는 그 모습을 보자, 그 인부가 이런 일에 관심을 둔다는 것—라벤더의 향기를 맡는다는 데 깜짝 놀라 카라카 나무에 대해서는 까맣게 잊어버리고 있었다.

그녀가 알고 있는 사람들 중에서 과연 몇 사람이나 이런 행동을 할까? 아, 그 인부들은 멋진 사람들이라고 그녀는 생각했다. 같이 춤이나 추고 일요일 저녁에 저녁이나 먹으러 오는 얼간이 같은 남자아이들보다 이런 인부들을 친구로 삼으면 왜 안되는가? 오히려 인부들하고 상대하는 것이 훨씬 더 수월한 교제가 될 것이다.

키가 큰 인부가 봉투 뒤에다 고리로 고정시켜두거나 그냥 축 늘어지게 내버려둘 것 등등의 천막설계를 하고 있었다.

그때 로라는 이런 일은 모두가 그 똥딴지 같은 계급차별에서 오는 잘못이라고 판단했다. 하기야 그녀로서는 이런 계급차별을 느끼지 않았다. 조금도, 아니 눈꼽 만큼도 느껴보지 못했다…….

이젠 나무망치 소리가 탁탁 들려왔다. 어느 사람은 휘파람을 불었고 또 어떤 사람은 "여보게, 친구, 바로 거기 있어?" 하고 외쳤다. "친구!"라고 부르는 그 말은 얼마나 다정다감하고 그리고 얼마나…… 얼마나…….

로라는 자기가 무척 행복한 걸 증명해주고 자기가 얼마나 편안한 기분인가를 그 인부에게 보여주며 보잘 것 없는 인습因襲을 경멸하고 있다는 걸 보여주려고 키가 큰 그 인부가 그리는 설계도를 관심있게 바라보면서 버터 바른 빵을 한입 듬뿍 베어 물었다. 그녀는 자신이 바로 여공女工 같은 기분이었다.

"로라, 로라, 어디 있니? 전화야, 로라!"

집 안에서 외치는 소리가 들렸다.

"지금 가요!"

로라는 빠르게 달려 잔디밭 사잇길로 해서 계단을 올라 베란다를 통과해서 현관으로 들어갔다. 거기에는 아버지와 로리 오빠가 사무실에 출근할 채비로 모자를 솔질하고 있었다.

"글쎄, 로라, 오후가 되기 전에 내 윗도리 좀 봐줘. 그리고 다리미질할 필요가 있는지도 봐주고."

로리는 재빨리 말했다.

"그럴게요."

그녀는 말했다. 그리고 갑자기 억제할 수 없는 충동을 느꼈다. 오빠한테로 뛰어가서 팔을 꼭 쥐었다.

"아, 난 가든 파티가 참 좋아요. 오빠는요?"

로라는 숨을 가쁘게 쉬면서 말했다.

"물론이지."

오빠는 정답고 소년 같은 목소리로 말했다. 그리고 로라의 팔을 잡았다가는 살며시 떠밀면서 말했다.

"애야, 어서 전화나 받아."

전화로 통화했다.

"네, 네. 아, 키티야? 잘 있었어? 점심 먹으러 올 거야? 그래, 꼭 와. 물론 좋지. 이것저것 모아놓은 식사야—간단한 샌드위치 계란 흰자위와 설탕을 섞어 만든 과자조각이랑 그리고 집에 늘상 있는 음식 정도야. 그래, 아침날씨치곤 최고지? 흰 옷을 입고 오겠다고? 아, 물론 나같으면 입고 오지. 잠깐만— 전화 끊지 말고 기다려, 어머니가 부르시니까."

그러고 나서 로라는 물러앉으면서 말했다.

"어머니, 뭐예요? 잘 안 들려요."

세리단 부인의 목소리가 아래층으로 들려왔다.

"지난 일요일에 쓰고 왔던 그 멋진 모자를 쓰고 오라고 해 보렴."

"어머니가 너보고 지난 일요일에 쓰고 왔던 그 멋진 모자를 쓰고 오라셔. 그래, 좋아. 시간은 1시다, 안녕."

로라는 수화기를 놓고 두 팔을 머리 위로 올려 숨을 깊이 쉬고는 팔을 쭉 뻗었다가 떨어뜨렸다.

"후유."

그녀는 한숨을 내쉬고는 벌떡 일어났다. 그녀는 조용히 듣고만 있었다. 집 안의 문들이 다 열려 있는 것같았다. 집 안은 가볍고 분주한 발걸음 소리와 오고 가는 말소리로 어수선했다. 부엌으로 통하는 라카칠 한 녹색문이 활짝 열렸다가는 털썩 하는 소리와 함께 닫혔다. 그리고 찍찍 하는 소리가 길게 들렸다. 그것은 바로 육중한 피아노를 옮길 때 바퀴가 제대로 움직이지 않아서 나는 소리였다.

그러나 아침의 이 공기를 보라! 가만히 살펴본다면, 오늘 아침과 같은 이런 공기는 전무후무일 것이 아닌가? 부드러운 미풍이 창문 위쪽으로 들어왔다가 문간으로 쫓아나가는 장난을 하고 있었다. 그리고 조그마한 햇빛 반점이 두 개 있었다. 하나는 잉크병에, 또 하나는 은빛 사진틀에 비쳐서 이 장난에 가세를 하고 있었다. 예쁘기만 한 반점들이었다. 특히 잉크병 뚜껑 위에 아른거리는 반점은 유난히 예뻤다. 그것은 정말 따뜻했다. 따스하고 귀여운 은빛 별과 같았다. 그녀는 거기에 입맞춤이라도 하고 싶었다.

현관문 벨이 울리자, 계단에서 새디의 인조견 치맛자락 스치는 소리가 사그락거렸다. 한 남자가 중얼거렸다. 새디는 무관심하게 대답했다.

"난 아무 것도 몰라요. 기다리세요. 세리단 마님한테 여쭤보지요."

"새디, 뭐예요?"

로라가 현관으로 나갔다.

"로라 아가씨, 꽃장수예요."

사실이었다. 거기 바로 문 안쪽에 널따랗고 얕은 상자가 놓여 있고, 그 속에 분홍빛 칸나꽃 화분들이 가득했다. 다른 꽃들은 없었다. 온통 칸나꽃뿐이었다. 분홍빛 큰 칸나꽃들이 활짝 피어서 찬란하고 밝은 진홍빛 줄기 위에서 놀랍도록 싱싱하게 보였다.

"아, 새디!"

로라는 외쳤다. 그 소리는 신음소리와 같았다. 활짝 피어 불길처럼 붉게 보이는 칸나꽃에 몸이라도 녹이려는 듯이 쭈그리고 앉았다. 꽃들이 자기 손끝에도 입술에도 닿고 가슴 속에서도 피어나는 듯했다.

"뭐가 잘못된 거겠지. 그렇게 많이 주문한 사람은 없어요. 새디, 가서 어머니를 찾아와요."

로라는 가냘프게 말했다.

그러나 바로 그때 세리단 부인이 나타났다.

"잘못된 거 아니다. 그래, 내가 가져오라고 한 거야. 예쁘지 않니?"

부인이 조용히 말했다. 그리고 로라의 팔을 꼭 쥐었다.

"어제 꽃가게를 지나다가 진열장에 있는 걸 봤어. 그래서 갑자기 평생에 한 번 칸나꽃을 실컷 가져보자는 생각이 떠오르더라, 가든 파티가 마침 좋은 구실이 됐지."

"하지만 어머니는 아무 것도 간섭하지 않는다고 하셨잖아요."

로라는 말했다. 새디는 가고 없었다. 꽃가게 남자는 아직도 바깥 마차 곁에 서 있었다. 로라는 어머니의 목을 끌어안고 가만히, 아주 가만히 어머니의 귀를 살짝 깨물었다.

"얘야, 넌 융통성이 없는 어머니는 좋아하지 않겠지? 이러지 말아라, 꽃가게 남자가 있지 않니."

그는 또 한 상자 가득한 칸나꽃을 들고 들어왔다.

"바로 문 안쪽 현관 양 쪽에 쌓아올려주세요. 로라, 그러는 게 좋겠지?"
 세리단 부인이 말했다.
 "아, 좋아요, 어머니."
 응접실에서는 메그와 조스와 한스 세 사람이 드디어 피아노를 옮기는 데 성공했다.
 "자, 이 긴 안락의자를 벽에 붙여놓고 다른 것은 모두 방에서 내가면 어떨까?"
 "좋아요."
 "한스, 이 책상들을 흡연실로 옮기고, 청소기를 가져다 양탄자의 얼룩점들을 지워요. 그런데 잠깐만— 한스."
 조스는 하인들에게 시키는 일을 좋아했고, 하인들도 그녀에게 복종하는 것을 좋아했다. 조스는 항상 하인들에게 연극 속의 역을 맡고 있는 느낌을 갖게 했다.
 "어머니에게 로라와 여기에 빨리 좀 오라고 전해주세요."
 "조스 아가씨, 알았어요."
 그녀는 메그를 향해서 말했다.
 "오늘 오후에 노래 부를 걸 대비해서 피아노 소리가 어떤지 좀 들어보고 싶은데. '이 세상살이 고달파라'를 한번 해 볼까?"
 땅, 따—따—따—땅! 피아노가 아주 열정적으로 울리기 시작하자 조스의 얼굴표정이 달라졌다. 두 손을 모아쥐었다. 그리고 어머니와 로라가 들어오자 그녀는 슬픔에 잠긴 듯 불가사의한 표정으로 그들을 쳐다보았다.

이 세상살이 고달파라
눈물과 한숨
덧없는 건 사랑이어라
이 세상살이 고달파라
눈물과 한숨
덧없는 건 사랑이어라
아…… 안녕!

그러나 '안녕'이라는 말에서 피아노 소리가 한층 절망적으로 들렸지만 그녀의 표정은 도무지 거기에 공감하지 않는 듯이 밝은 미소를 지었다.
"엄마, 내 목소리 아름답죠?"
그녀는 상냥하게 웃으면서 말했다.

이 세상살이 고달파라
희망은 사라져
꿈인가 생시인가

그러나 이때 새디가 들어왔다.
"새디, 뭐예요?"
"저, 마님, 샌드위치의 종류를 표시하기 위해서 그것에 꽂을 조그마한 깃발을 마련하셨느냐고 요리사가 묻는데요?"
"새디, 샌드위치에 꽃을 조그마한 깃발"
세리단 부인은 꿈꾸는 듯한 표정으로 되풀이해서 말했다.

그래서 아이들은 어머니의 얼굴표정으로 보아 준비하지 않았다는 것을 알아차릴 수 있었다.

"가만 있자, 요리사한테 10분 후에 준비해서 보내주겠다고 해."

그녀는 새디에게 엄숙하게 말했다.

새디는 자리를 떴다.

"자, 로라, 나하고 흡연실로 가자. 어딘가 봉투 뒤에 샌드위치 종류의 이름을 적어놓은 게 있을 게다. 네가 그걸 정서해야겠다. 메그, 지금 2층에 올라가서 머리에 감은 그 젖은 물수건을 벗고 와. 그리고 조스, 얼른 뛰어가서 옷을 갈아입어라. 애들아, 내 말 듣고 있니? 그렇게 안하면 저녁에 아버지 오시면 일러바친다. 그리고……그리고 네가 주방에 가거든 요리사를 달래라. 알겠니? 오늘 아침 그 여자 때문에 깜짝 놀랐단다."

어머니는 재빨리 말했다.

봉투는 식당 시계 뒤에서 발견되었다. 그러나 어떻게 해서 그것이 그런 곳에 있게 되었는지 세리단 부인은 도저히 알 수가 없었다.

"너희들 중 누군가가 틀림없이 내 가방에서 꺼냈을 거다. 내가 똑똑히 기억하고 있으니까……크림 치즈하고 레몬 커드 다 썼니?"

"네."

"계란히고……. 생쥐라고 쓴 것 같은데. 그럴 리가 있니, 안 그래?"

세리단 부인은 봉투를 빼앗아 들고 바라보면서 말했다.
"올리브라고 적혀 있어요, 어머니두."
로라는 어깨 너머로 들여다보면서 말했다.
"그래, 물론 올리브지. 그게 쥐라니 말도 안되지. 계란과 올리브야."

마침내 정서를 끝냈다. 그래서 로라는 깃발들을 부엌으로 가지고 갔다. 조스는 벌써 요리사를 잘 달래서 조금도 기분 나쁜 표정이 아니었다.

"이런 훌륭한 샌드위치는 생전 처음이에요. 몇 가지가 있다고 했죠? 열다섯 가지요?"

조스는 무척 즐거운 듯이 말했다.
"그래요, 조스 아가씨."
"어머, 정말 그 솜씨 알아줘야겠네요."

요리사는 길다란 샌드위치 칼로 빵부스러기를 긁어모으면서 씩 웃었다.

"고드바 상점에서 왔어요."

새디가 식료품 저장실에서 뛰어나오면서 말했다. 그녀는 그 상점사람이 창 앞을 지나가는 것을 보았던 것이다.

그 소리는 바로 크림 과자가 왔다는 것을 알리는 소리였다. 그것을 집에서 만든다는 것은 생각도 할 수 없는 일이었다.

"들고 들어와서 테이블 위에 놓아요."

요리사가 명령했다.

새디는 그것을 들여다놓고 다시 문쪽으로 갔다.

물론 로라와 조스는 이미 어른이 다 되다시피 성장했기

때문에 그런 것을 욕심내지는 않았다. 그러나 크림 과자가 무척 맛있어 보인다는 건 두 사람의 마찬가지 생각이었다. 정말 맛있어 보였다. 요리사는 과자들을 가지런히 놓으면서 여분으로 과자 위에 입힌 설탕을 털어내고 있었다.

"이 과자들을 보니 어릴 때의 파티들이 다 생각나지?"

로라가 말했다.

"그렇겠지. 정말 예쁘고 날개처럼 가벼워 보여."

실속파인 조스가 말했다. 그녀는 지나간 일을 생각하고 싶어하는 그런 면이 없었다.

"아가씨들, 하나씩 들어보세요. 엄마는 모르실 테니까."

요리사가 기분 좋은 목소리로 말했다.

그렇다고 먹을 수가 있나. 아침식사한 지가 얼마나 되었다고 크림 과자를 들라니 말도 안 된다. 생각만 해도 떨릴 지경이었다. 그러나 2분 후, 조스와 로라는 거품 이는 크림 과자를 먹었을 때에 나타나는 정신없는 표정을 하고 손가락을 핥고 있었다.

"뒷길로 해서 정원에 나가자. 인부들이 지금쯤 천막을 어떻게 치고 있는가를 직접 가보고 싶은데. 그분들은 너무 좋은 사람들이야."

로라가 말을 꺼냈다.

그러나 뒷문은 요리사와 새디, 게다가 고드바 상점 사람과 한스까지 네 사람에 의해서 차단되었다.

무슨 일이 일어난 것이다.

"쯧 쯧 쯧."

요리사는 성난 암탉 같은 소리를 냈다. 새디는 이를 앓는 사람처럼 볼에 손바닥을 바짝 대고 있었다. 한스의 얼굴은 무슨 말인지 알아들으려고 애쓰고 있는 듯 상을 찌푸리고 있었다. 고드바 상점 사람만이 재미있어 하는 표정이었다. 그 사람만이 알고 있는 사건인 모양이었다.

"웬일이에요? 무슨 일이 일어났어요?"

"끔찍한 사고가 있었대요. 남자가 죽었대요."

요리사가 말했다.

"남자가 죽다니요! 어디서? 어떻게? 언제요?"

그러나 고드바 상점 사람은 자기가 가져온 이야기를 바로 눈 앞에서 다른 사람에게 가로채이고 싶지 않았다.

"아가씨, 바로 이 아래 작은 오두막집들을 알지요?"

아느냐고? 물론 그녀는 알고 있었다.

"거기 스코트라는 젊은 마부가 살고 있었는데요. 오늘 아침, 호크 거리 모퉁이에서 그의 말이 견인 기관차에 놀라 뛰어 비키는 바람에 그 젊은 마부가 뒤통수를 길바닥에 부딪쳤대요. 그래서 죽었대요."

"죽었다구요!"

로라는 고드바 상점 사람을 똑바로 쳐다보았다.

"사람들이 그를 일으켜보니까 벌써 죽어 있더래요. 내가 여기 올 때 보니까 그 시체를 옮기더군요."

고드바 상점 사람은 구수한 목소리로 계속해서 요리사에게 말했다.

"처자가 딸린 몸인데 어린 애들이 자그마치 다섯이래요."

"조스, 이리 와."

로라는 그녀의 소매를 잡고 부엌을 지나 녹색 커튼을 친 문 쪽으로 끌고 갔다. 그리고는 거기에 멈추어 기댔다.

"조스! 모든 걸 그만둘까?"

로라는 겁에 질려 말했다.

"로라, 모든 걸 그만둔다고! 무슨 소리야?"

조스는 새파랗게 질려가지고 말했다.

"물론, 가든 파티를 그만둔다는 말이지."

조스는 왜 모르는 척하는 것일까? 그러나 조스는 아까보다 대경실색大驚失色하면서 물었다.

"가든 파티를 그만둔다고? 로라, 무슨 바보 같은 소리를 하는 거야. 물론 그렇게는 할 수 없어. 아무도 우리가 그만둘 거라고 생각하는 사람은 없으니까. 너무 터무니 없는 소리 하지 마."

"하지만 우리집 바로 현관 앞에 죽은 사람을 두고 가든 파티를 가질 수는 없잖아."

그건 정말 터무니 없는 것이었다. 그 작은 오두막집들은 이 집으로 통하는 가파른 언덕 바로 밑의 좁은 골목에 옹기종기 모여 있었기 때문이다. 그 집들과 이곳 사이에는 넓은 길이 나 있었다. 사실 그 집들은 너무 가까이 있었다. 눈에 거슬리는 가시처럼 그 집들은 이 이웃에 있을 만한 자격이 조금도 없었다. 모두 초콜릿 같은 갈색으로 칠한, 초라하기 짝이 없는 집들이었다. 조그마한 뜨락으로 말할 것같으면 겨우 양배추와 병든 암탉들과 토마토 수프의 빈 깡통들이

뒹굴고 있을 뿐이었다. 굴뚝에서 나오는 연기까지도 가난에 쪼들린 모습이었다. 헝겊조각처럼 가닥가닥 흐트러진 가느다란 연기는 세리단네 집 굴뚝에서 뭉게뭉게 치솟아 나오는 큰 은빛 깃털 같은 연기와는 너무너무 대조적이었다. 이 골목길에는 세탁부가 살고 있으며, 구두 수선공과 청소부도 있고, 문전에 작은 새장들을 온통 주렁주렁 매달아놓고 있는 사람도 살고 있었다. 아이들도 우글거렸다. 세리단 집안의 아이들이 어렸을 때는 듣기 역겨운 말이라든가 무슨 병에 걸릴지도 모르기 때문에 그곳 근처에 가는 것까지 금지되어 있었다. 그러나 로라와 로리는 차츰 성장함에 따라 이따금 산책을 하느라고 그곳을 지나곤 했다. 불쾌하고 더러운 곳이었다. 그들은 몸서리를 치며 돌아오곤 했었다. 그러나 사람이란 어느 곳이나 다 가봐야 하고 무엇이나 다 봐두어야 하는 법이기 때문에 그들은 가끔 그곳을 지나다니곤 했던 것이다.

"그리고 악단소리가 그 가엾은 미망인에게 어떻게 들릴까를 생각해봐."

로라가 말했다.

"아, 로라, 누가 사고를 낼 때마다 연주를 중지한다면 인생을 무슨 재미로 산담. 그야 나도 언니처럼 그들이 조금 불쌍하기는 해. 나도 언니 못지 않게 동정은 하고 있어."

조스는 정말 곤란해졌다. 그리고 눈이 날카로워졌다. 그녀는 어렸을 때 싸움질하던 그런 눈초리로 로라를 쳐다보았다.

"우울해 한다고 술취한 일꾼을 깨어나게 할 수는 없잖

아."

그녀는 부드럽게 말했다.

"술에 취했다고! 누가 취했다고 했어?"

로라는 벌컥 화를 내면서 조스에게로 대들었다. 그리고 어릴 때 둘이 서로 싸움질하던 그런 버릇으로 말했다.

"바로 가서 어머니한테 말씀드려야지."

"응, 그렇게 해."

조스는 부드러운 목소리로 말했다.

"어머니, 방에 들어가도 돼요?"

로라는 커다란 유리로 된 손잡이를 돌렸다.

"그럼, 얘야. 무슨 일이냐? 왜 그렇게 얼굴이 홍당무가 되었어?"

세리단 부인은 화장대로부터 몸을 돌렸다. 새 모자를 써보고 있는 중이었다.

"어머니, 남자가 죽었대요."

로라가 말을 시작했다.

"우리 집 정원에서 그런 건 아니겠지?"

어머니가 말을 가로막았다.

"네, 그럼요!"

"아, 어쩌면 그렇게 놀라게 하니!"

세리단 부인은 안도의 한숨을 쉬었다. 그리고 큰 모자를 벗어 무릎 위에 놓았다.

"그렇지만 어머니, 들어보세요."

로라는 말했다. 숨가쁘고 목이 메인 소리로 그 무서운 이야기를 해드렸다.

"물론 오늘 가든 파티는 못하게 되는 거지요?"

그녀는 애원하듯 말했다.

"악단과 손님들이 다 오게 되면, 그 사람들에게 우리들 소리가 들리겠지요, 어머니. 바로 가까운 이웃이니까요."

로라가 놀란 것은 어머니도 조스와 같은 태도를 보인 것이다. 딸의 가슴아픈 일이 어머니에게는 재미있다는 듯이 보였기 때문에 더욱 화가 났다. 로라가 하는 말을 진지하게 받아들이려고 하지 않았다.

"하지만 얘야, 상식적으로 생각해보렴. 우리가 그 얘기를 들은 건 순전히 우연 아니냐. 누가 거기서 예사롭게 죽었다면 말이야—하기야 그런 비좁은 굴 속 같은 데서 그들이 어떻게 살아가는지 알 수 없는 일이지만— 우리는 그대로 가든 파티를 열 것 아니냐?"

로라는 이 물음에 "그래요" 하고 대답할 수밖에 없었지만 어쩐지 모든 것이 다 잘못돼 있다고 생각했다. 그녀는 어머니의 소파에 앉아서 쿠션 가장자리 장식을 만지작거렸다.

"어머니, 그렇지만 우리가 너무 몰인정한 게 아닐까요?"

그녀가 물었다.

"얘야!"

세리단 부인은 일어나서 모자를 들고 딸 있는 데로 다가왔다. 로라가 뿌리치기도 전에 어머니는 그 모자를 달랑 씌워주었다.

"얘야! 이 모자 네 거다. 어쩌면 너한테 딱 어울리는구나.

내가 쓰기엔 너무 젊어 보여. 네가 그렇게 그림처럼 예쁘게 보이긴 처음이구나. 거울 좀 보렴."

어머니는 말했다. 그리고 손거울을 들어 보였다.

"하지만, 어머니."

로라는 다시 말을 했다. 그녀는 자기 모습 같은 것은 들여다보고 싶은 생각이 없었기 때문에 얼굴을 돌리고 말았다.

이번엔 세리단 부인이, 조스가 아까 그랬던 것처럼, 화를 벌컥 냈다.

"로라, 너는 뚱딴지 같은 소리만 하는구나! 그런 사람들은 우리에게서 희생 같은 건 바라지도 않는다. 그리고 지금 너처럼 모든 사람들의 즐거움을 잡쳐놓는다는 건 동정할 여지도 없는 거란다."

부인은 쌀쌀하게 말했다.

"전 모르겠어요."

로라는 말했다. 그리고 방에서 서둘러 나와 자기 침실로 갔다. 거기에서 정말 우연히 제일 먼저 눈에 띈 것은 거울에 비친 아름다운 한 소녀의 모습—황금빛 실국화로 테를 두르고 길다랗고 까만 우단 리본이 달린 검정색 모자를 쓴 자신의 모습이었다. 자기가 그렇게 예쁘게 보이리라고는 상상조차 못한 일이었다. 어머니 말씀이 옳은 것일까 하고 그녀는 생각했다. 그리고 이제는 어머니의 말씀이 옳기를 바랐다.

내가 뚱딴지 같은 일을 생각하고 있는 것일까? 그럴지도 모르는 일이었다. 그 순간, 그 불쌍한 미망인과 꼬마들과 시체가 집 안으로 옮겨지는 모습이 언뜻 머리에 떠올랐다. 그러나 그건 모두 신문에 나타난 사진처럼 희미하고 실감이 없어 보였다. 그것은 가든 파티가 끝나고 나서 다시 한번 생각해보겠다고 마음 속으로 결정했다. 어쩐지 그게 가장 좋은 생각인 것같았다.

점심식사를 1시 반까지 끝내고 2시 반에는 모든 준비가 다 되었다. 초록색 상의를 입은 악단이 도착해서 정구장 한 구석에 자리를 잡았다.

"어머, 저 악사들은 너무도 청개구리를 닮았지? 차라리 그들을 연못가에 앉히고 지휘자는 한가운데 연꽃 잎새 위에 서게끔 할 걸 그랬어."

키티 메이트란드가 떨리는 목소리로 말했다.

로리는 도착하자 마자 옷을 갈아 입으러 가면서 그들에게 큰 소리로 인사했다. 로라는 그를 보자 다시 그 사고에 대한 생각이 떠올랐다. 오빠한테 말해보고 싶은 생각이 났다. 만일 로리도 다른 사람들과 같은 생각이라면 그것이 옳은 것임에 틀림없다. 그래서 그녀는 그를 따라 현관으로 들어갔다.

"로리!"

"그래!"

그는 반쯤 층계를 올라가고 있었다. 그가 돌아서서 로라를 보자 갑자기 볼을 불룩하게 만들고 눈을 부라렸다.

"로라, 정말이지 예쁜데. 모자도 아주 멋있구나!"

"그래?"

로라는 맥이 빠진 듯 말했다. 그리고 오빠에게 미소를 지어 보였을 뿐 결국 그 이야기는 하지 않았다.

잠시 후 사람들이 몰려들었다. 악단이 연주를 시작했다. 임시로 고용된 급사들이 집과 천막 사이를 바쁘게 뛰어다녔다. 어디를 보나 손님들은 쌍쌍이 짝을 지어 산책을 하면서 허리를 굽혀 꽃구경도 하고 인사를 나누기도 하며 잔디밭을 거닐었다. 그들은 마치 오늘 오후 어디론가 가는 도중에 세리단네 정원에 잠시 내려앉은 명랑한 새떼들과 같았다.

아, 모두가 행복한 사람들과 같이 있고, 서로 악수를 하고, 볼을 맞대며 미소를 지으면서 서로 눈이 마주친다는 것은 얼마나 행복한 일인가!

"귀여운 로라, 정말 근사한데!"

"얘, 모자가 정말 잘 어울리는구나!"

"로라, 꼭 스페인 사람 같구나. 이렇게 예쁘게 보이긴 처음인데."

그러자 로라는 얼굴을 붉히면서 상냥하게 말했다.

"차 드셨어요? 아이스크림 드릴까요? 시계풀 열매를 넣은 아이스크림은 정말 별미래요."

로라는 아버지한테 달려가서 청했다.

"아빠, 악단도 뭘 좀 마실 걸 주어야지요?"

그리하여 이 아름다운 오후는 서서히 무르익어가다가 천천히 식으면서 서서히 꽃잎이 오므라지듯이 막을 내렸다.

"이렇게 즐거운 가든 파티는 처음이군요……."

"가장 성공적이었어요……."

"정말이지 가장……."

로라는 손님들을 전송하는 어머니를 도와드렸다. 모녀는

인사가 다 끝날 때까지 현관에 나란히 서 있었다.

"끝났구나, 끝났어. 아, 잘 됐구나!"

세리단 부인이 말했다.

"로라, 다들 불러와라. 가서 새로 만든 커피 좀 마시자. 나는 녹초가 됐다. 그래, 대성공이었어. 하지만 아, 밤낮 가든 파티, 가든 파티니! 어쩌자고 너희들은 가든 파티 타령만 늘어놓는 거냐!"

그들은 모두 텅 빈 천막 안에 앉았다.

"아빠, 샌드위치 드세요. 이 깃발 제가 쓴 거예요."

"고맙다."

세리단 씨가 한 입 베어물자 샌드위치는 없어졌다. 그는 한 개 더 먹었다.

"오늘 일어난 끔찍한 그 사고에 대해서 아마 얘기를 못 들었겠지?"

그는 말했다.

"여보! 들었어요. 그 일 때문에 가든 파티도 못 열 뻔했다오. 로라는 자꾸만 그만두자는 거예요."

세리단 부인은 손을 들면서 말했다.

"아, 어머니!"

로라는 그 일로 놀림을 받고 싶지 않았다.

"어쨌든 무서운 사건이었지."

세리단 씨가 말했다.

"그 친구도 결혼을 했다지. 바로 요 아래 골목에 살았는데 처자가 딸린 몸으로 어린애들이 자그마치 대여섯이나 있다나봐."

잠시 어색한 침묵이 흘렀다. 세리단 부인은 안절부절하면서 찻잔만 만지작거렸다. 정말, 아버지가 아주 눈치도 없이…….

갑자기 세리단 부인은 고개를 들었다. 식탁 위에는 샌드위치, 케이크, 크림 과자 등이 온통 손도 안 댄 채로 있었는데, 그건 송두리째 내버릴 것들이었다. 그녀에게는 기발한 생각이 떠올랐다.

"좋은 생각이 있어. 광주리에 먹을 걸 가득 채워 그 가엾은 사람들한테 이 맛있는 것 좀 보내자. 어쨌든 그 애들한테는 굉장한 잔치가 될 거다. 그렇지? 그리고 이웃사람들도 문상을 하러 많이 와 있을 테니까. 당장 먹을 수 있는 음식이 이렇게 마련되어 있으니 얼마나 다행한 일이냐, 로라?"

그녀는 말했다. 그리고 벌떡 일어났다.

"계단 벽장에서 큰 바구니를 가져오너라."

"하지만 어머니, 그게 정말 좋은 생각일까요?"

로라가 물었다.

이상하게 로라는 자기가 다른 사람들과 생각이 다른 것 같았다. 가든 파티에서 먹다 남은 음식을 갖다준다니. 그 가엾은 부인이 정말 좋아할 것인가?

"물론이지! 너는 오늘 어떻게 된 거냐? 한두 시간 전만 해도 동정을 하라고 고집을 부리더니, 지금은 또……."

아, 좋고 말고! 로라는 뛰어가서 바구니를 가지고 왔다. 어머니가 바구니에 수북하게 담았다.

"애야, 네가 가지고 가거라. 입은 그대로 빨리 가거라. 아니, 잠깐 기다려. 이 꽃도 가지고 가렴. 그런 사람들 은 이런 꽃을 보면 무척 좋아할 거다."

어머니가 말했다.

"꽃가지 때문에 레이스 달린 윗옷이 엉망이 되라구요?"

이해타산적인 조스가 말했다.

정말 그럴 것이다. 제 때에 그런 생각 하기를 잘했다.

"그러면 바구니만 가지고 가거라. 그리고 로라! 무슨 일이 있어도……."

어머니는 천막 밖으로 따라나오며 말했다.

"어머니, 뭐예요?"

어머니는 잠시 주춤했다. '아니, 이런 사고방식은 어린애들 머리 속에 넣어주지 않는 것이 좋다!'

"아무 것도 아니다! 빨리 가거라."

로라는 정원문을 닫고 나왔다. 바깥은 어둠이 깔리고 있었다. 커다란 개 한 마리가 그림자처럼 앞을 지나갔다.

길은 허옇게 비치고 그 아래 깊숙한 곳에는 조그마한 오두막집들이 어둠침침한 그늘 속에 잠겨 있었다. 떠들썩했던 오후가 지나고 보니 더욱 조용해 보였다. 지금 그녀는 언덕을 지나 한 남자가 죽어서 누워 있는 어느 집으로 가고 있는 데도 도무지 그것이 실감나지 않았다. 왜 그럴까? 그녀는 잠시 걸음을 멈추었다. 그런데 조금 전에 있었던 손님들의 키스라든지 이야기 소리, 스푼 소리, 웃음 소리 그리고 짓밟힌 풀냄새, 이런 것들이 아직도 그녀의 몸에 배어 있는 것만 같았다.

다른 것들은 생각할 여지가 없었다. 정말 이상하기도 하구나! 어둠침침한 하늘을 우러러보았다. '그렇지, 아까 그 가든 파티는 매우 성공적이었지' 하고 그녀는 생각할 뿐이었다.

이윽고 넓은 길이 갈라지는 곳에 다다랐다. 골목길을 접어드니 연기가 자욱하고 어두웠다. 숄을 두르고 남자용 모자를 쓴 여인들이 바삐 지나갔다. 남자들은 여기저기 난간에 기대어 서 있고 아이들은 문간에서 놀고 있었다. 초라한 오두막집에서 나지막한 말소리가 들려왔다. 어떤 집에서는 불빛이 깜박이고 게 모양의 그림자가 창문에 어른거렸다. 로라는 머리를 숙이고 걸음을 재촉했다.

코트를 입고 왔으면 좋았을 걸 그랬다고 이제야 생각났다. 그녀의 옷은 너무 화려하지 않은가! 그리고 우단 리본이 달린 커다란 모자는—모자만이라도 다른 것이었다면 좋았을 텐데! 사람들이 자기를 쳐다보는 건 아닐까? 쳐다보고 있을 것이다. 여기에 온 것이 잘못이다. 그녀는 애초부터 잘못이라고 생각하고 있었다. 지금이라도 늦지 않았으니까 돌아가버릴까? 안돼, 때가 너무 늦었어. 여기가 바로 그 집이다. 틀림없어. 시커먼 모습의 사람들이 밖에 모여 서 있었다. 문 옆에 한 노파가 목발을 짚고 의자에 앉아서 물끄러미 바라보고 있었다. 두 발은 신문지 위에 놓고 있었다.

로라가 접근하자 사람들의 이야기 소리가 그쳤다. 모여서 있던 사람들이 길을 비켜섰다. 마치 그녀를 기다리고 있었던 것같았고 그녀가 여기 올 것이라는 것은 알고 있었던 것같았다.

로라는 굉장히 신경이 예민해졌다. 우단 리본을 어깨 위로 제치면서 로라는 옆에 서 있는 여자에게 물었다.

"여기가 스코트 부인 댁인가요?"

그 부인은 괴상하게 웃으면서 말했다.

"그래요, 아가씨."

아, 여기서 떠날 수만 있다면! 로라가 좁은 길을 지나 문을 두드리면서 중얼거렸다.

"제발 여기서 빠져나가게 해주십시오."

사람들의 저 눈초리에서 빨리 벗어나고 싶다. 아니면 저 여자들이 걸친 숄이라도 좋으니 그것으로 몸을 가리고 싶다. 바구니만 내려놓고 가버리겠다고 마음 속으로 다짐했다. 바구니를 비울 때까지 기다릴 수도 없기 때문이었다.

그때 문이 열렸다. 상복을 입은 키가 작은 부인이 어둠 속에 나타났다.

"스코트 부인이세요?"

로라가 물었다.

그러자 그 부인은 두려운 목소리로 대답했다.

"자, 아가씨, 들어오세요."

그러자 로라는 어느새 복도에 갇혀 있었다.

"괜찮아요. 들어가진 않겠어요. 이 바구니만 두고 가면 돼요. 어머니가 보내시면서……."

어두운 복도에 있는 그 조그마한 부인은 로라의 말을 못 들은 것같았다.

"아가씨, 이리로 와요."

그 부인은 부드러운 목소리로 말했다. 그래서 로라는 따라 들어갔다.

어느새 형편없이 좁고 천장이 낮은 부엌에 들어오게 되었다. 마침 그을음이 나는 램프가 켜져 있었다. 난로 앞에 어떤 부인이 앉아 있었다.

"엠, 엠! 아가씨가 오셨어."

로라를 데리고 들어온 그 작은 여자가 말했다. 그러고 나서 로라에게 돌아서서 의미있게 말했다.

"난 저 사람의 언니요. 이해해주구료."

"아, 물론이지요! 제발, 제발, 가만두세요. 난……난 놓고만 가겠어요……."

그러나 그때 난로 앞에 앉아 있던 부인이 얼굴을 돌렸다. 그 얼굴은 빨갛고 퉁퉁 부어 있었으며 눈도 입술도 부어올라 보기가 끔찍했다. 그녀는 로라가 왜 거기 서 있는지 통 모르겠다는 표정이었다. 무슨 일인가? 이 낯선 아가씨는 왜 바구니를 들고 부엌에 서 있을까? 도대체 어떻게 된 일인가? 그러자 그 가엾은 얼굴은 다시 상을 찌푸려 울상이 되었다.

"진정해, 내가 대신 고맙다고 할 테니까."

작은 부인이 말했다. 부인은 계속해 말했다.

"아가씨, 정말 이해해주세요."

그 부인의 얼굴도 부어올라 있었는데 억지로 찡그리며 웃었다.

로라는 밖으로 나가고만 싶었다. 닫히고 싶은 심정이었다. 그녀는 복도로 나와 있었다. 문이 열렸다. 그녀는 곧바로 죽은 사람이 누워 있는 침실로 들어갔다.

"잠깐 보겠어요?"

엠의 언니가 말했다. 그러고 나서 로라의 옆을 지나 침대 옆으로 다가갔다.

"아가씨, 무서워 할 거 없어요."

이번에는 그녀의 목소리도 무척 부드럽고 붙임성 있게 들렸다. 그녀는 조용히 홑이불을 젖혔다.

"그림 같지요. 아무런 흔적도 없어요. 자, 이리 와봐요."

로라는 다가섰다.

거기 한 젊은이가 깊이 잠들어 있었다. 너무나 곤하게, 너무나 깊이 잠들어 있었기 때문에 그들 두 사람과는 멀리, 아주 멀리 떨어져 있는 것만 같았다. 아, 이승을 떠난 것이 저다지도 평화로운가. 저 사람은 꿈꾸고 있는 것이다. 다시는 깨우지 말자. 머리는 베개에 묻혀 있고 눈은 감겨져 있었다. 감긴 눈꺼풀 밑에서는 아무 것도 보이지 않았다. 분명히 꿈에 취해 있는 것이다.

가든 파티이니, 바구니이니, 레이스 달린 양복이니 하는 따위가 그에게 무슨 의미가 있단 말인가? 그는 정말 그런 것들하고는 거리가 멀었다. 그는 훌륭하고 아름다웠다. 그들이 웃고 떠들고 악단이 연주하고 있을 때, 이런 놀라운 일이 이 골목길에서 일어난 것이다. 행복하고…… 행복한…… 나무랄 것이 없다. 이건 당연한 일이다. 나는 만족스럽다, 하고 그 잠들고 있는 얼굴은 말하고 있었다.

그러나 역시 울어야 했다. 그리고 로라는 그 죽은 사람에게 뭣인가 한 마디 하지 않고는 나갈 수가 없었다. 로라는 어린애처럼 엉엉 소리내어 슬피 울었다.

"이런 모자를 쓰고 있어서 미안해요."

그녀는 말했다.

그리고 이번에는 엠의 언니를 기다리지 않았다. 혼자 문 밖으로 나와 길을 따라 내려가며 그 시커먼 모습의 사람들 곁을 지나갔다. 그 골목길 모퉁이에서 그녀는 로리를 만났다.

그는 어둠 속에서 불쑥 나왔다.

"로라냐?"

"응."

"어머니가 걱정하고 계신다. 잘 됐니?"

"응, 잘 됐어. 아, 오빠!"

로라는 오빠의 팔을 잡고 그에게 바짝 기대었다.

"아니, 너 울고 있는 게 아니냐?"

오빠가 물었다.

로라는 머리를 저었다. 사실은 울고 있었다.

로리는 그녀의 어깨에다 팔을 얹으면서 따뜻하고 사랑스러운 목소리로 말했다.

"울지 마. 끔찍하든?"

"아니. 그저 신비스럽기만 해. 그렇지만 오빠……."

로라는 흐느껴 울면서 말했다. 그리고 걸음을 멈추고 오빠를 쳐다보았다.

"인생이란, 인생이란……"

로라는 더듬거렸다. 그리고 인생이 무엇이라고 딱 잘라

말하지 못했다. 그래도 괜찮았다. 오빠는 충분히 이해하고 있었기 때문이다.
 "로라! 인생이란 네가 생각하고 있는, 뭐 그런 거 아니겠니?"
 로리가 말했다.

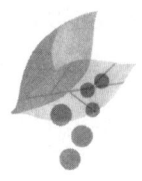

이상적인 가정

 그날 저녁, 니브 노인은 자동식 문을 밀어 열고 넓은 층계를 세 칸 걸어내려가서 포도鋪道에 섰을 때, 난생 처음으로 자기가 봄을 맞이하기엔 너무 늙었다고 느꼈다.
 봄은—따뜻하고 안달맞고 마음 들뜬— 모든 사람들 앞에 달려들 태세를 하고 그의 흰 수염 속에 스며들었으며, 그의 팔을 감미롭게 스칠 준비를 하고 황금빛 광선 속에서 그를 기다리고 있었다.
 그러나 그는 봄을 맞이할 수가 없었다. 아니, 안되었다. 그는 다시 한 번 어깨를 쭉 펴고 젊은이처럼 의기양양하게 활보할 수가 없었다. 그는 피곤했고, 저녁햇살이 아직 비치고 있는 데도 전신에 감각이 무뎌지는 것같이 이상하게 추웠다. 갑자기 그는 힘이 없고, 이 환희, 이 명랑한 동작을 더이상 감당할 수가 없었다. 그는 어찌할 바를 몰랐다. 그는 가만히 서서 자기의 허약함을 단장으로 흔들어 쫓아버리며 "사라져라!" 하고 말하고 싶었다. 그가 알고 있는 모든 사람들—친구, 친지, 점원, 우체부, 마부들에게 평상시처럼 단장으로 챙 넓은 중절모를 기울이면서 인사하는 것도 갑자기 굉장히 힘이 들었다. 그러나 그런 인사에 따르는 유쾌한 듯한 눈초리와 다정한 눈빛은 "나는 너희들과 상대할 수 있고 겨뤄 이길 수도 있다"라고 말하고 있는 것같이 보였지만 니브 노인은 그것을 조금도 마음대로 다룰 수가 없었다. 그는 어떻게 된 셈인지 마치 물처럼 묵직하게 꽉 잠긴 듯한 공기 속을 걷는 것처럼 무릎을 높이 들고 터벅터벅 걸어갔다.

집으로 돌아가는 사람들은 걸음을 재촉했고, 전차는 쩔꺽쩔꺽 요란한 소리를 냈으며, 가벼워진 달구지는 덜커덕덜커덕 소리를 내며 지나갔다. 흔들거리는 커다란 마차는 꿈에서나 볼 수 있을 만큼 아무 거리낌 없이 무모하고 대담하게 굴러가고 있었다…….

사무실에서는 여느 때와 마찬가지로 변화 없는 하루였다. 별다른 일이 일어나지 않았다. 해롤드는 점심 먹으러 나갔다가 4시가 다 되도록 돌아오지 않았다. 어디 가 있을까? 여태까지 뭘 하고 있을까? 그는 아버지에게 알리려고 하지 않았다. 니브 노인이 마침 방문객을 전송하느라고 현관에 나와 있을 때, 해롤드가 언제나처럼 빈틈없이 옷을 차려입고는, 여자들이 매혹당하는 그 웃을 듯 말 듯하는 독특한 미소를 지으며 침착하고 온순한 태도로 들어왔다.

아, 해롤드는 너무 미남이었다. 지나치게 잘생겼다. 그것이 항상 두통거리였다. 남자가 그런 눈이나 그런 눈꺼풀, 그런 입술을 가져서는 안된다. 그것은 위험한 일이었다. 그의 어머니나 누이들, 하인들로 말할 것같으면 그를 젊은 하나님으로 모신다고 해도 과장된 말은 아니었다. 그들은 해롤드를 하나님처럼 떠받들었고 그에겐 모든 걸 용서해주었다. 그런데 그는 열세 살때 어머니의 지갑을 훔쳐서 돈을 꺼내고 지갑은 요리사의 침실에다 감춘 적이 있었는데 그때부터 용서라는 게 필요했다. 니브 노인은 단장으로 포도 모서리를 탁 내리쳤다. 그러나 그는 해롤드를 버려놓은 것이 단지 그의 가족만이 아니라 모든 사람들이 다 그랬다고 생각했다. 해롤드가 누구에게든 쳐다보고 빙그레 미소짓기만 하면 다 그 앞에서 무릎을 꿇고 마는 것이었다. 그래서 아마 사무실에서도 그런 습관이 계속된다는 것은 놀랄 만한 일은 아니었다.

흠, 흠! 그렇지만 그럴 수는 없었다. 사업이란—이미 기반이 잡히고 성공적이며 이익이 큰 장사라 하더라도— 가지고 노는 기분으로 운영할 수는 없는 일이었다. 사업에 온갖 정성을 쏟아야지, 그렇지 않으면 그 사업은 당장 망하게 되는 법이다…….

그런 데도 아내인 샬럿과 딸들은 해롤드에게 사업을 다 넘겨주고 은퇴해서 여생을 편안하게 지내라고 늘 성화였다. 여생을 편안하게 지낸다! 니브 노인은 관청 건물 외곽의 종려나무 고목들이 몰려 있는 곳에서 우뚝 섰다. 여생을 편안하게 지낸다! 저녁바람은 어딘가에서 가볍게 살랑거리며 들려오는 소리에 맞추어 검은 잎사귀들을 흔들고 있었다. 집에 틀어박혀 엄지손가락이나 만지작거리면서 자기 일생의 사업이 해롤드가 미소짓는 사이에 자기에게서 빠져나가 희미해지다가 해롤드의 아름다운 손가락 사이로 사라져버리는 것을 항상 생각하고 있으란 말인가…….

"아버지, 왜 그렇게 사리를 분별하지 못하세요? 꼭 아버지가 사무실에 나가실 필요는 없잖아요. 사람들이 자꾸만 아버지께서 무척 피곤해 보인다고 말하는데, 그럴 적마다 우리 식구들 처지가 곤란하거든요. 여기 이렇게 큰 집과 정원이 있잖아요. 집에서 소일을 하셔도 확실히 행복하실 수 있을 거예요. 그게 싫으시면 무슨 취미라도 가져보세요."

그리고 막내딸 로라도 아는 체하며 말참견을 하는 것이었다.

"누구든지 취미를 가져야 해요. 그런 게 없으면 무슨 재미로 살아가요?"

좋아, 좋아! 그는 하코트 거리로 가는 언덕을 힘들여 올라가면서 쓴 웃음을 금할 수가 없었다. 만일 그가 취미생활에만 열중한다면, 로라나 언니들이나 샬럿은 어디서 살게 될 것인지 그것이 걱정이었다. 취미생활이 도시에 있는 집과 해변에 있는 방갈로, 승마, 골프 그리고 그들이 춤을 출 수 있도록 음악실에 놓은 60기니짜리 전축 따위의 값을 치러줄 만한 가치는 없는 것이다.

그들에게 이런 것을 주기 싫다는 말이 아니다. 아니, 그들은 영리하고 잘 생긴 처녀들이었으며 샬럿은 훌륭한 여성이었다. 그들이 좋은 환경에 있는 것은 당연한 일이었다. 사실, 이 도시에서는 그들의 집 만큼 인기 있는 집도 없었으며 어느 가정도 그들 만큼 향응을 멋지게 베풀어주지는 못했다. 니브 노인이 흡연실 탁자 건너쪽에 있는 손님들에게 여송연 상자를 밀어주며 담배를 권할 때면 손님들은 그의 아내와 딸들, 심지어는 자기 자신에 대해 찬사의 소리를 수없이 늘어놓았다.

"선생님 댁은 이상적인 가정입니다. 정말 이상적인 가정이에요. 어쩌면 소설책에서나 무대에서 볼 수 있는 가정 같습니다."

"자, 그만들 하시오. 이거 한개비 피워보시오. 마음에 들 거요. 그리고 정원에 나가보시면 아마 잔디밭에 딸들이 있는 걸 볼 수 있을 거요."

니브 노인은 대답하곤 했다.

그것이 딸들이 결혼하지 않는 이유라고 사람들이 말했다. 그들은 누구하고라도 결혼할 수 있었다. 그러나 집에서의 생활이 무척 즐거웠던 것이다. 딸들과 샬럿은 서로 어울려 너무 행복된 시간을 보냈던 것이다. 흠, 흠! 그래, 그래! 아마, 그렇겠지…….

그는 사람들이 많이 들끓는 하코트 거리를 끝에서 끝까지 걸어, 모퉁이의 자기 집에 도착했다. 마차 출입문은 열려 있었고 차도에는 지나간 마차바퀴 자국이 선명했다. 창문이 활짝 열려 있고 망사 커튼이 창 밖으로 나부끼며 히야신스를 심은 푸른 화분들이 넓은 창틀 위에 놓여 있는, 흰 칠을 한 큰 집 앞에 다가선 것이다. 마차장馬車場 양 쪽에는 수국水菊이—이 도시에서 유명한— 피어나고 있었다. 연분홍빛과 푸른 빛의 많은 꽃들이 넓은 잎사귀 사이에 등불처럼 피어 있었다. 어쨌든 집이나 꽃들, 심지어는 차도에 선명하게 생긴 바퀴자국까지도 '이 집에는 젊은 생명이 있다. 딸들이 있고……'라고 말하고 있는 것처럼 니브 노인에겐 생각되었다.

현관은 외투와 양산과 장갑 등이 참나무 장 위에 쌓여 있기 때문에 항상 어두웠다. 음악실에서는 피아노 소리가 빠르고 크게 안타까운 듯 들려왔다. 조금 열려 있는 응접실 문 사이로 이야기 소리가 새어나왔다.

"그리고 아이스크림이 있었다고?"

샬럿이 물었다. 그녀의 흔들거리는 의자에서 삐걱삐걱 소리가 났다.

"아이스크림이에요! 어머니는 그런 아이스크림을 못 보셨을 거예요. 두 가지 종류밖엔 없어요. 하나는 녹아서 받침 종이가 흠뻑 젖은, 보통 상점에서 파는 딸기 아이스크림이에요."

에덜이 말했다.

"음식 전체도 형편 없었어요."

마리온이 말했다.

"그렇지만 아이스크림은 아직 이르지."

샬럿이 온화하게 말했다.

"그렇지만 아이스크림을 손님에게 대접을 하려면……."

에덜이 말했다.

"아, 정말 그렇지."

샬럿이 나지막하게 말했다.

갑자기 음악실 문이 열리고 로라가 뛰어나왔다. 그녀는

니브 노인을 보자 깜짝 놀라 비명까지 지를 뻔했다.
"어머나, 아버지! 깜짝 놀랐어요. 지금 돌아오셨어요? 찰스는 어디로 갔길래 아버지 외투도 못 벗겨드리지?"
그녀는 피아노를 치느라고 양쪽 볼이 벌겋게 상기되었고 눈은 반짝거리고 머리카락은 이마까지 내려와 있었다. 그리고 어둠 속을 달려와서 놀란 것처럼 숨을 헐떡이고 있었다. 니브 노인은 막내딸을 주의깊게 바라보았다. 그녀를 전에 본 일이 없는 것처럼 생각되었다. 그러면 이것이 로라란 말인가? 그녀 역시 아버지를 잊어버린 모양이었다. 그녀가 거기에서 기다리고 있었던 사람은 아버지가 아닌 딴 사람인 것만 같았다. 그녀는 구겨진 손수건 끝을 물고 화난 듯이 잡아당겼다. 전화소리가 났다. 아! 로라는 흐느끼는 듯한 소리를 내면서 아버지 곁을 부딪칠 듯이 스쳐 달려갔다. 전화실 문이 꽝 소리를 내며 닫혔고 그와 동시에 샬럿이 말했다.
"당신이세요?"
"당신 또 피곤하시군요."
샬럿은 나무라듯 말하고 흔들의자를 멈추고는 따뜻하고 자두와 같은 볼을 남편에게 내밀었다. 머리카락이 빛나는 에덜은 아버지의 수염에 살짝 입술을 갖다 대었고, 마리온의 입술은 귀를 스쳐갔다.
"당신, 걸어오신 거예요?"
샬럿이 물었다.
"응, 걸어왔어."
니브 노인은 말하고 나서 응접실의 커다란 의자 속에 깊숙이 파묻혔다.

"그런데 아버지는 왜 마차를 안 타시는 거예요? 그 시간에는 흔해빠진 게 마차일 텐데요."

에덜이 말했다.

"얘, 에덜, 아버지께서는 피곤을 사서 하시는데 무엇 때문에 우리가 자꾸 간섭해야 하는지 정말 모르겠어."

마리온이 큰 소리로 말했다.

"얘들아, 얘들아!"

샬럿이 달랬다.

그러나 마리온은 그만두려고 하지 않고 계속해서 말했다.

"아니에요, 어머니. 어머니는 아버지를 망치고 있어요. 그건 옳은 일이 아니에요. 아버지에게 좀더 엄격해야 해요. 아버지는 너무 고집이 세요."

그녀는 낭랑한 목소리로 명랑하게 깔깔 웃고는 거울을 보면서 머리카락을 매만졌다. 이상한 일이다! 그녀가 어렸을 때는 부드러운 목소리에 말하는 것도 우물쭈물했고 심지어는 말을 더듬기까지 했는데, 지금은 무슨 말을 하건―"아버지, 잼 좀 주세요"하는 짧은 말까지도― 그녀의 목소리는 마치 무대 위에서 하는 말처럼 쨍쨍 울려나왔다.

"해롤드는 당신보다 먼저 사무실에서 나왔어요?"

샬럿이 물었다. 그리고 의자를 또 흔들었다.

"모르겠어. 잘 모르겠는데, 4시 후엔 그 애를 보지 못했으니까."

니브 노인은 말했다.

"해롤드가 그러는데……."

샬럿이 말을 시작했다.

그러나 그때 신문지 페이지를 넘기고 있던 에덜이 어머니 한테로 뛰어와서 어머니 의자 옆에 앉았다.

"자, 이거 보세요. 이것이 바로 제가 말하던 거예요. 노란색인데 은빛을 곁들인 거예요. 좋죠?"

그녀는 큰 소리로 말했다.

"애야, 어디 좀 보자."

샬럿이 말했다. 그리고 거북의 등 무늬가 있는 안경을 더듬어 찾아 끼고는 통통하고 조그마한 손가락을 그 신문지에 가볍게 대고 입술을 오므렸다.

"아주 예쁜데!"

그녀는 낮은 목소리로 무심하게 말하고 나서 안경 너머로 에덜을 바라보았다.

"그런데 아래 긴 꼬리는 달지 않는 게 좋겠다."

"꼬리를 달지 말라구요! 그렇지만 그게 가장 중요한 걸요."

에덜은 슬픈 듯이 소리쳤다.

"자, 어머니. 그 결정은 내게 맡기세요."

마리온은 그 신문지를 어머니한테서 장난하듯이 빼앗았다.

"난 어머니의 생각에 동감이야. 그 꼬리는 옷보다 더 무거운 느낌을 줘."

마리온은 기세당당하게 소리질렀다.

니브 노인은 모두에게 망각된 채 의자 속에 푹 파묻혀 꾸벅꾸벅 졸면서 꿈꾸듯 그들이 떠드는 소리를 들었다. 그가 지쳐 있다는 것은 확실했다. 그는 버티는 힘을 상실한 것이다. 심지어 샬럿이나 딸들까지도 오늘 밤은 그에게 너무 심했다. 그들은 너무— 너무 심했던 것이다. 그러나 그의 나른한 머리에 생각나는 것은 자기에게는 너무 풍요하다는 것이 전부였다. 그리고 어딘지 희미한 곳에서 쇠약한 한 노인이 끝없이 뻗은 계단을 기어 올라가는 모습을 그는 지켜보고 있었다. 그는 누구일까?

"난 오늘 밤엔 예복으로 갈아입지 않겠다."

그는 중얼거렸다.

"아버지, 무슨 말씀이세요?"

"음, 뭐, 뭐?"

니브 노인은 깜짝 놀라 잠을 깨고 그들을 건너다보았다.

"난 오늘 밤엔 예복으로 갈아입지 않겠다."

그는 같은 소리를 되풀이했다.

"하지만 아버지, 루실이 올 거예요. 그리고 헨리 대븐포트와 테디 워커 부인도 오고요."

"정말 어울리지 않을 거야."

"여보, 어디가 편찮으세요?"

"아버지는 힘들이시지 않아도 돼요. 찰스는 뭘 해요?"

"그렇지만 당신이 정말로 기분이 안 나신다면……."

샬럿은 말을 끝맺지 못하고 우물쭈물했다.

"괜찮다, 괜찮아!"

니브 노인은 일어서서 옷 갈아입는 방까지만이라도 계단

을 올라가고 있는 그 노인처럼 되려고 했다…….

찰스 청년이 그 방에서 기다리고 있었다. 그는 수건을 뜨거운 물통 주위에서 정성스럽게 말리고 있었다. 마치 그의 신경이 온통 거기에 집중하고 있는 듯한 모습이었다. 찰스가 홍안紅顔의 소년 때에 이 집에 불을 때는 일을 하러 왔을 때부터 그의 마음에 들었다. 니브 노인은 창가에 있는 등나무 의자에 앉아 다리를 쭉 뻗고는 저녁때마다 "찰스, 예복을 입히라구!" 하는 농담을 했다. 그러면 찰스는 양 미간을 찌푸리고 거칠게 숨을 쉬면서 그의 넥타이에서 핀을 빼려고 몸을 앞으로 구부리는 것이었다.

흠, 흠! 그래, 그래! 창문이 활짝 열린 창가의 저녁공기는 상쾌했다. 무척 기분이 상쾌했다. 청명하고 온화한 저녁이었다. 아래 테니스 코트에서는 잔디를 깎고 있었다. 잔디 깎는 기계소리가 부드럽게 들려왔다. 곧 딸들은 또 테니스 시합을 시작할 것이다. 그 생각을 하니, "우리 편 잘 한다……아, 우리 편 잘 쳤어…… 아, 정말 잘해!" 하고 큰 소리로 외치는 마리온의 목소리가 들리는 것만 같았다. 그때 샬럿이 베란다에서 "해롤드는 어디 있니?" 하고 부르면 "어머니, 여기는 없어요" 하고 에델이 말했고, 그러면 샬럿은 무심히 "해롤드가 그랬는데—" 하고 말하는 것이었다.

니브 노인은 한숨을 쉬고 일어서서 한 손으로 수염을 만져보고 찰스 청년으로부터 빗을 받아 조심스럽게 흰 수염을 빗었다. 찰스는 접은 손수건과 시계와 두장 그리고 안경집을 그에게 내주었다.

"얘야, 이제 다 됐다."

문이 닫혔다. 그는 의자에 깊숙이 몸을 묻었다. 혼자가 되었다…….

그런데 지금 또 초라한 그 노인이 화려하고 찬란한 식당을 향해서 끝없는 계단을 내려가고 있었다. 다리가 왜 저 모양일까! 거미 다리처럼…… 가늘고 약하다.

"선생님 댁은 이상적인 가정입니다. 정말 이상적입니다."

그러나 이것이 사실이라면 왜 샬럿이나 딸들은 그를 부축하지 않는가? 왜 그는 혼자서 계단을 오르락 내리락 해야만 하는가? 해롤드는 어디 있는가? 아, 해롤드한테서 무엇을 기대한다는 건 소용없는 것이다. 니브 노인이 놀란 것은, 그 늙은 거미가 자꾸만 자꾸만 내려가더니 식당을 지나 현관을 빠져나가 어두운 차도로 마차가 통과하는 문을 지나 사무실 쪽으로 걸어가는 모습이 니브의 눈에 들어온 것이었다.

그를 붙잡아야지, 누가 그를 붙잡아야 해!

니브 노인은 깜짝 놀라 잠을 깼다. 옷 갈아입는 방 안은 어두웠다. 창문은 희끄무레하게 비쳤다. 니브 노인은 얼마 동안이나 잠들어 있었는가? 그는 귀를 기울였다. 크고 썰렁하고 어두워진 이 집의 멀리서부터 말소리와 소음이 들려왔다. 그는 꽤 오랫동안 잠을 잤을 것이라고 어렴풋이 생각했다. 그는 가족들에게 이미 잊혀진 존재인 것이다. 이 집이나 샬럿, 딸들이나 해롤드—이 모든 것이 자기와 무슨 관계가 있단 말인가?— 그들에 대해서 자기는 무엇을 알고 있을까? 그들은 자기에게 낯선 사람들에 불과했다. 인생은 자기를 외면하고 말았다. 샬럿은 그의 아내가 아니었다. 결코 아니었다!

……어두운 현관은 시계초芔 덩굴로 반은 가려져 있었다. 그것은 모든 것을 이해하고 있다는 듯이 슬프고 애처롭게 고개를 떨구고 있었다. 조그맣고 따뜻한 팔이 니브 노인의 목을 감쌌다. 작고 창백한 얼굴이 그를 올려다보았다. 그리고 작은 소리로 속삭였다.

"안녕, 내 사랑."

내 사랑! 안녕, 내 사랑. 그들 중에 누가 이런 말을 했을까? 왜 그들은 작별인사를 하는가? 무언가 끔찍한 잘못이 있는 것이다. 얼굴이 작고 창백한 소녀가 바로 그의 아내였고, 그 외의 생활 전부는 한낱 꿈이었다.

그때 문이 열리고 찰스 청년이 불빛에 서서 양 손을 허리에 대고는 젊은 군인처럼 차렷자세로 큰 소리로 외쳤다.

"식사가 준비되었습니다!"

"그래, 간다…… 가……."

니브 노인은 말했다.

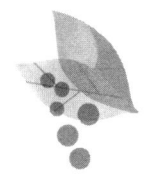

인형의 집

헤이 노파가 버넬네 집에서 머무르다가 시내로 돌아가자 그 집 아이들에게 장난감으로 인형의 집을 보내왔다.

그것은 하도 커서 마차꾼과 하인인 패트가 마당 안으로 운반해서 급수 펌프실 문 옆에 두 개의 나무상자를 괴고 그 위에 올려놓았다. 여름철이었기 때문에 비에 젖는다든지, 부서진다든지 할 위험은 없었다. 그리고 칠냄새도, 집 안으로 갖고 들어올 때까지는 아마 없어질 것이다. 왜냐하면 정말 그 장난감 인형의 집에서 나는 칠냄새는—'헤이 노파는 누구보다도 친절하고 너그럽고 고마운 분이야!'— 그래도 그 칠냄새는 베릴 아주머니의 말에 의하면, 하도 지독해서 누구든지 중병에 걸리기 십상이라는 것이다. 인형의 집의 포장을 벗기기 전에도 칠냄새가 지독할 정도이니 정말로 벗긴다면 그 냄새가 얼마나 지독하랴?

거기 놓여 있는 인형의 집은 짙고 윤이 나는 녹색 바탕에 밝은 황색으로 돋보이는 칠을 하고 있었다. 지붕에 아교로 붙인 두 개의 작고 단단한 굴뚝은 빨강과 흰 색으로 칠해졌고, 노란 니스칠을 해서 반짝이고 있는 문은 마치 납작한 판자 모양으로 자른 토피과자 같았다. 4개의 유리창은 진짜 창문이었는데, 널찍한 초록색 선으로 창문유리 한 칸 한 칸이 구분되어 있었다. 노란 색으로 칠한 조그마한 현관도 제대로 있고, 그 가장자리엔 큰 덩어리들로 응결된 페인트가 말라붙어 있었다.

그러나, 정말 흠 잡을 데 없는 완벽한 작은 집이었다. 페인트 냄새쯤이야 누가 감히 꺼리겠는가? 그것은 기쁨의 일부요, 새 것의 일부이기도 했다.

"누가 빨리 좀 열어봐요!"

옆쪽의 문고리는 꽉 붙어 있었다. 패트가 종이 베는 칼로 문고리를 비틀어 열었다. 그러자 집의 전면 전체가 뒤로 흔들렸다. 그러더니 응접실과 주방, 부엌 그리고 2개의 침실이 한꺼번에 보였다.

집이란 이렇게 보여주는 법이다. 왜 모든 집들은 이렇게 보여주지 않는가? 모자걸이와 두 개의 우산이 있는 초라한 작은 현관 안을 문틈 사이로 엿보는 것은 얼마나 흥미진진한 일인가! 남의 집 문을 두드릴 때 그 집에 대해서 정말 알고 싶어하는 것은 이런 방들이 아니겠는가? 하나님께서 심야에 천사를 거느리고 조용조용히 산보를 하고 있을 때 아마 이런 식으로 집들을 여시리라…….

"아, 아!"

버넬네 아이들은 마치 절망에 빠진 듯 소리를 질렀다. 인형의 집은 너무도 놀라운 것이었으며 그 아이들에게는 지나칠 정도로 과분한 것이었다. 그들은 생전에 이런 것을 본 적이 없었다. 방마다 벽지가 발라져 있었다. 벽에는 종이에 그려서 황금빛의 액자까지 완전히 갖춘 그림이 걸려 있었다. 부엌만 빼고는 방마다 바닥들이 빨간 양탄자로 깔려 있었다. 응접실에는 부드러운 무명천으로 만들어진 빨간 색의 의자가 있었고 주방에는 녹색의 의자와 탁자, 진짜 침구가 있는 침대, 요람, 난로, 조그마한 접시와 커다란 물병이 들어 있는 찬장 등이 있었다.

키자이아가 무엇보다도 비상하게 좋아한 것은 램프였다. 그 램프는 주방의 탁자 중앙에 있었는데, 흰 갓을 씌운 호박색의 정묘한 것이었다. 심지어는 불을 붙이면 금방 켜질 듯이 기름 같은 것이 가득 차 있었다. 그렇지만 물론 불을 켤 수는 없었다. 그 속에는 기름 같은 것이 들어 있어서 흔들면 움직일 뿐이었다.

응접실에는 기절한 것처럼 뻣뻣하게 쭉 뻗고 누워 있는 장난감 아버지와 어머니 그리고 2층에서 자고 있는 장난감 두 어린 아이는 인형의 집에 어울리지 않을 만큼 컸다. 그들은 이 집 식구처럼 보이지 않았다. 그러나 램프만은 완전한 것이었다. 마치 키자이아를 보고 "난 여기서 살아요" 하고 미소를 지으며 말하는 것만 같았다. 램프는 진짜였다.

다음날 아침, 버넬네 아이들은 학교로 서둘러 갔지만 조급한 나머지 마음만이 앞설 따름이었다. 그들은 학교종이 땡땡 치기 전에 모든 아이들에게 말하고, 설명하고…… 또…… 자랑하고 싶어서 못 견딜 지경이었다.

"내가 말할 거야. 내가 제일 크니까. 너희들 둘은 나중에나 해. 하여간 내가 먼저 말할 거야."

이사벨이 말했다.

말대꾸를 할 수가 없었다. 이사벨은 두목 행세를 했지만 항상 옳았다. 그리고 로티와 키자이아는 장녀라는 지위에 따르는 권력을 너무나 잘 알고 있었다. 그들은 길가의 무성한 애기미나리아재비 잡초를 스쳐 지나가면서 아무 말도 하지 않았다.

"그리고 인형의 집을 먼저 와서 볼 아이도 내가 고를 거야. 어머니도 그렇게 하라고 하셨으니까."

그들에게는 인형의 집이 마당 안에 있는 동안은 학교친구들을 한 번에 둘씩 데려다 구경을 시켜도 괜찮다는 약조가 되어 있었다. 물론 오후 간식까지 먹고 가도록 머물러 있어서는 안되고, 집안을 빈들빈들 돌아다녀도 안되며, 이사벨이 인형의 집의 아름다운 곳을 여기저기 지적해주고 로티와 키자이아가 만족해 하고 있는 동안 그저 조용히 마당에 서 있어야만 했다…….

그러나 그들이 아무리 급하게 걸어갔어도 남학생들 운동장의 콜타르를 칠한 울타리까지 왔을 때는 시작종이 벌써 울리기 시작했다. 그들은 모자를 벗고 출석을 부르기 전에 겨우 줄에 끼어 들어갈 수가 있었다. 그래도 괜찮았다. 이사벨은 매우 중대하고 신비스러운 일이 있는 듯한 표정을 지으며 두 손으로 입을 가리고 옆에 있는 친구들에게 "노는 시간에 말할 게 있어" 하고 속삭임으로써 지각한 체면을 메울 수가 있었다.

쉬는 시간이 되자 이사벨은 친구들에게 둘러싸였다. 그녀의 학급친구들은 서로 다투다시피 해서 그녀를 얼싸안거나 따라다니거나 아양을 떨 듯이 웃고 하며 각별히 친한 친구가 되어보려고 애썼다. 운동장 옆에 있는 커다란 소나무 아래에서 마치 여왕 주위에 신하들이 모여들 듯이 아이들이 이사벨을 중심으로 모여들었다. 서로 팔꿈치로 쿡쿡 찌르고 낄낄 웃으며 바짝 밀려들었다.

그런데 이런 아이들 틈에 끼지도 않고 따로 떨어져 있는 아이들이 둘 있었는데, 그들은 언제나 제외되는 켈비네 아이들이었다. 그들은 버넬네 아이들 가까이로 가서는 안된다는 것쯤은 잘 알고 있었다.

사실은 버넬네 아이들이 다니는 학교는 그들의 부모가 선택의 여지가 있었더라면 절대로 보내려고 하지 않았을 그런 종류의 학교였다. 그러나 그들 부모들이 마음대로 선택할 수가 없었다. 왜냐하면 이 학교는 수십 리 사이에 하나밖에 없는 학교였기 때문이다. 그래서 이웃아이들은 모두 판사의 딸이건 의사의 딸이건 가겟집 아이들이건 우유 배달부의 아이들이건 할 것 없이 같이 어울려서 공부해야만 했다. 거칠고 불량한 사내아이들도 그만큼 숫자가 되는 것은 말할 것도 없다.

그러나 어디선가 한계선을 그어야만 했다. 그 선은 켈비네 아이들에게서 그어졌다. 버넬네 아이들을 포함해서 다른 많은 아이들에게는 그들에게 말하는 것조차 금지되어 있었다. 그들이 켈비네 아이들 옆을 지나갈 때는 우쭐하느라고 얼굴을 하늘로 치켜올렸으며 그들은 모든 행동에 있어서 유행의 앞장을 섰기 때문에 켈비네 아이들은 모든 아이들로부터 따돌려지고 있었다. 선생까지도 그들을 대할 때는 유별난 목소리를 내었고 릴 켈비가 형편없이 보잘것없는 꽃다발을 들고 자기의 책상으로 왔을 때는 다른 아이들은 유별난 미소를 보내는 것이었다.

　그들은 낮에는 이 집 저 집으로 다니며 활발하고 부지런히 일하는 몸집이 작은 세탁부의 딸들이었다. 이런 사실은 몹시 불행한 일이었다. 그러나 켈비 씨는 어디에 있는가? 그걸 확실히 알고 있는 사람은 하나도 없었다. 다른 사람들의 말에 의하면, 그는 감옥에 있다 했다. 그러니까 그들은 세탁부와 죄수의 딸들이었다. 다른 사람들 보기에 그들의 아이들에게는 정말 좋지 못한 친구들이 아닌가!

　사실 그들은 그렇게 보였다. 켈비 씨 부인이 뭣 때문에 딸들을 그렇게 눈에 띄게 해놓는지 도저히 이해할 수가 없었다. 사실 알고보면, 그들은 켈비 부인이 일해준 집에서 얻어온 천조각으로 옷을 만들어 입고 있었다. 예를 들면, 주근깨가 많고 키가 크며 얼굴이 못생긴 릴은 버넬네의 아름다운 녹색 빛깔로 물들인 저지 식탁보로 몸통을 만들고 로간네의 빨간 무명천의 커튼을 뜯어 소매를 만들어 단 옷을 입고 학교에 다녔다. 넓은 이마 꼭대기에 얹힌 모자는 부인용 모자로서 한때 여자 우체국장이었던 레키 양의 소유물이었던 것이다. 그것은 뒤쪽이 말아올려졌고 커다란 진홍색 깃으로 장식되어 있었다. 그 모자를 쓴 꼴이란 얼마나 우스꽝스러운가! 웃지 않을 수 없었다. 릴의 동생 엘스는 잠옷 비슷한 기다란 흰 드레스를 걸치고 사내아이용 신을 신고 있었다. 그러나 엘스는 무엇을 걸치든지 이상하게 보일 만큼 짧게 자른 머리와 두 눈만 휑하게 커다란 말라깽이 아이였다. 자그마한 흰 올빼미 같은 아이라고 할 수 있었다.

어느 누구도 엘스가 웃는 모습을 본 적이 없으며, 좀처럼 말이 없었다. 그녀는 릴의 치맛자락을 꽉 움켜잡고는 항상 그 꽁무니만 쫓아다니면서 지냈다. 릴이 가는 곳에는 엘스가 따라갔다. 운동장에서나 학교에 오고 가는 길에서나 릴이 앞장서고 엘스는 뒤따라 붙어다녔다. 무슨 요구가 있거나 숨이 찰 때, 엘스가 소매를 끌거나 잡아당기면 릴은 멈추어서 뒤를 돌아보는 것이었다. 켈비네 아이들은 서로의 마음을 잘 이해했다.

지금 그들은 아이들이 모여 있는 가장자리에서 머뭇거렸다. 그들이 엿듣는 것까지 말릴 수는 없었다. 소녀들이 돌아다보고 비웃으면 릴은 언제나 수줍고 쑥스러운 미소를 띠었지만 엘스는 그저 바라다볼 뿐이었다.

그런데 이사벨은 무척 자랑스러운 목소리로 이야기를 계속했다. 양탄자가 크게 인기를 끌었지만 진짜침구가 있는 침대라든지 화덕문이 달린 난로까지도 신이 나게 설명을 덧붙였다.

이사벨의 이야기가 끝나자, 키자이아가 말참견을 했다.

"이사벨, 램프 이야긴 잊었어."

"아, 그렇군. 아주 조그만 램프가 있는데, 모두 노란 유리로 만들어졌고 흰 갓이 달려가지곤 주방 탁자 위에 놓여 있어. 그것은 진짜하고 구별할 수 없단다."

이사벨은 말했다.

"램프가 최고야."

키자이아는 외쳤다. 그녀는 이사벨이 램프에 대해서는 자기가 생각하는 반 만큼도 중요시하지 않는다고 생각했다. 그러나 어느 누구도 관심을 보이지 않았다. 이사벨은 그날 오후 자기 집에 와서 구경할 아이 둘을 고르고 있었다. 에미 코올과 리나 로간을 뽑았다. 그러나 다른 아이들도 모두 기회가 있다는 것을 알자, 이사벨에게 성의를 다 동원해서 친절을 베풀었다. 그들은 각자 이사벨의 허리를 얼싸안고 다른 데로 데리고 갔다. 그녀에게 속삭일 말이 있었다. 그것은 단 둘만의 비밀이었다.

"이사벨은 내 친구야."

켈비네 아이들만은 모두에게 잊혀진 채 물러났다. 그들에게는 더 들을 이야기가 없었기 때문이다.

며칠이 지남에 따라 인형의 집을 구경한 아이들의 수가 늘어났다. 그래서 소문도 그 만큼 퍼져나갔다. 그것은 유일한 화젯거리였으며, 나아가 큰 유행물이 되어버렸다.

아이들은 한결같이 이런 질문을 했다.

"버넬네 인형의 집 보았니? 너무 예쁘더라!"

또 다음과 같이 그들은 물어보기도 했다.

"너는 그걸 못 봤어? 어마, 저런!"

점심시간까지도 그런 이야기뿐이었다. 소녀들은 소나무

밑에 앉아서 두터운 양고기 샌드위치와 버터 바른 큰 빵조각을 먹고 있었다. 늘 그렇듯이 켈비네 아이들은 그들 가까이 앉아서 빨간 물이 크게 얼룩진 신문지에서 잼 샌드위치를 꺼내 먹으면서 역시 이야기를 엿듣고 있었다.

"어머니, 켈비네 아이들을 꼭 한 번만 불러올까요?"

어느날 키자이아가 물었다.

"키자이아, 물론 그럴 수 없어."

"왜 안돼요?"

"키자이아, 저리 가. 왜 안되는지 몰라서 묻는 거냐?"

결국 그들을 제외하고는 모두가 구경을 했다. 그날은 화제가 궁해서 이야기가 좀 싱거워졌다. 점심시간이었다. 소나무 밑에 아이들이 모여 앉아 있었다. 켈비네 아이들이 언제나처럼 둘이 앉아 이야기를 엿들으면서 신문지에서 점심을 꺼내 먹는 것을 다른 아이들이 보더니 갑자기 그들을 곯려주고 싶은 생각이 났다. 에미 코울이 먼저 소곤거렸다.

"릴 켈비는 커서 하녀가 된대."

"아, 망측해라!"

이사벨 버넬은 말하고 나서 에미에게 눈짓을 했다.

에미는 이럴 때 자기의 어머니가 하는 흉내를 내서 알았다는 듯이 침을 꿀꺽 삼키고 고개를 끄덕였다.

"그건 정말이야…… 정말이야…… 정말이고 말고."

그녀는 말했다.

그때 리나 로간의 조그마한 눈이 번쩍 빛났다.

"내가 물어볼까?"

그녀는 작은 소리로 말했다.

"틀림없이 너는 못해."

제시 메이가 말했다.

"흥, 겁날 거 없어."

리나는 말했다. 그리고 갑자기 깩깩 소리를 내더니 다른 아이들 앞으로 뛰어나왔다.

"나 좀 봐! 나 좀 봐! 잠깐만 보라니까!"

리나는 말했다. 그러고 나서 슬금슬금 미끄러지듯이 한쪽 발을 끌고 손으로 입을 가리고 킬킬 웃으면서 켈비네 아이들이 있는 곳으로 갔다.

릴은 점심을 먹다 말고 쳐다보았다. 그리고 먹다 남은 것을 싸서 재빨리 치워버렸다. 엘스는 씹는 것을 그쳤다. 지금 무슨 일이 생길 것인가?

"릴 켈비, 네가 장차 커서 하녀가 된다는 게 정말이야?"

리나는 날카로운 소리로 물었다.

무거운 침묵이 흘렀다. 그러나 릴은 대답 대신 부끄러운 듯한 얼굴에 쑥스러운 미소를 지을 뿐이었다. 그런 질문에 전혀 관심 없다는 듯이 보였다. 리나가 얼마나 실망했을까! 아이들이 킥킥 웃기 시작했다.

리나는 이것을 참을 수 없었다. 엉덩이에 두 손을 대고 앞으로 뛰어나갔다.

"야아, 네 아버지는 형무소에 있다지!"

그녀는 짓궂게 놀려댔다.

그렇게 말한 건 너무도 놀라운 일이었기 때문에 아이들은 너무너무 흥분된 나머지 날뛰면서 한데 어울러 달아났다. 어느 애가 긴 줄을 찾아내서 그들은 줄넘기를 했다. 그런데 그들은 그날 아침처럼 그렇게 높이 뛰거나 빨리 뛰어나오고 들어가거나 그런 대담한 짓을 하지는 않았다.

오후에 패트 하인이 마차로 버넬네 아이들을 데리러 와서 그들은 마차를 타고 떠나버렸다. 집에는 손님들이 와 있었다. 손님들이 온 것을 기뻐하며 이사벨과 로티는 에이프런을 갈아입으러 2층으로 올라갔다. 그러나 키자이아는 뒤뜰로 살짝 빠져나갔다.

사방에선 아무도 볼 수 없었다. 키자이아는 마당에 있는 크고 흰 문에 매달려 그네를 탔다. 길 쪽을 바라보고 있자니까 조그마한 두 개의 점들이 금세 시야에 들어왔다. 점이었던 물체가 점점 커지며 그녀에게로 다가오고 있었다. 하나는 앞서고 하나는 바로 뒤에 바짝 따르고 있는 모습이 보였다. 이제는 그들이 켈비네 아이들이라는 것을 알 수가 있었다. 키자이아는 그네 타는 것을 멈췄다. 마치 달려나가려는 것처럼 문에서 빠져나갔다. 다음 머뭇거렸다. 켈비네 아이들은 점점 다가왔고 그들옆을 따르는 그림자는 너무 길어서 그들의 머리는 애기미나리아재비 풀이 있는 곳까지 뻗쳤다. 키자이아는 다시 문 위로 기어올라갔다. 그녀는 마음 먹은 바가 있었다. 힘차게 문을 밖으로 밀어냈다.

"얘들아!"

그녀는 지나가고 있는 켈비네 아이들을 불렀다.

그들은 너무 놀란 나머지 발걸음을 멈추었다. 릴은 쑥스러운 듯이 웃었고 엘스는 쳐다보았다.

"보고 싶으면 와서 인형의 집을 봐도 좋아."

키자이아는 말했다. 그리고 한 쪽 발끝을 땅에 끌었다. 그러나 그 말을 듣고 릴은 얼굴이 빨개지며 머리를 급히 저었다.

"왜? 싫어?"

키자이아는 물었다.

릴은 헐떡이며 말했다.

"너의 엄마가 우리 엄마한테, 너희들은 우리들하고 말도 하지 말라고 그랬대."

"응, 그래."

키자이아는 말했다. 어떻게 대답을 해야 좋을지 몰랐다.

"그건 상관없어. 하여간 와서 보면 돼. 자, 어서. 아무도 안 보잖아?"

그러나 릴은 더욱 완강하게 고개를 저었다.

"보고 싶지 않니?"

키자이아가 물었다.

갑자기 릴의 치맛자락이 잡아당겨졌다. 그녀는 뒤를 돌아다보았다. 엘스가 큰 눈으로 애원하듯이 릴을 쳐다보고 있었다. 릴은 찡그리고 있었다. 그녀는 그냥 가버리고 싶었다. 잠시 동안 릴은 엘스를 퍽 못마땅한 표정으로 쳐다보았다. 그때 엘스는 릴의 치맛자락을 또다시 잡아당겼다. 릴은 앞으로 움직였다. 키자이아가 길을 안내했다. 두 마리의 길 잃은 고양이처럼 그들은 뒤를 따라 마당을 가로질러 인형의 집이 있는 곳으로 갔다.

"이거란다."

키자이아가 말했다.

잠시 조용했다. 릴은 가쁜 숨을 쉬었다. 숨소리가 거의 쌕쌕거릴 정도였다. 엘스는 돌처럼 움직이지 않고 있었다.

"내가 열어줄게."

키자이아는 다정하게 말했다. 문고리를 풀자 모두 안을 들여다보았다.

"응접실과 주방이 있고, 이건 바로 그……."

"키자이아!"

아, 그때 그들은 얼마나 놀랐는가!

"키자이아!"

그것은 베릴 아주머니의 목소리였다. 그들은 돌아다보았다. 그 아주머니는 뒷문에 서서 자기 눈을 의심하는 듯 눈을 크게 뜨고 쳐다보았다.

"어쩌자구 저 켈비네 아이들을 마당 안으로 불러들였지?"

그녀는 냉혹한 목소리로 말했다.

"너는 그애들한테 말도 해서는 안된다는 것쯤은 알고 있지 않니? 얘들아, 가거라. 당장에 말이야. 그리고 다시는 오지 말아라."

베릴 아주머니는 말했다. 그리고 마당으로 걸어나와 그들을 닭처럼 생각하고 쫓아냈다.

"당장 물러가!"

그녀는 냉정하고 거만하게 말했다.

그들은 두 번 말할 필요도 없이 금방 사라졌다. 부끄러워서 얼굴을 확 붉히고 잔뜩 움츠러들던 릴은 자기 어머니처럼 허둥지둥 걸어갔으며 엘스는 얼떨떨했다. 어쨌든 그들은 넓은 마당을 건너 흰 칠을 한 문으로 빠져나갔다.
"말도 안 듣는 몹쓸 계집애!"
베릴 아주머니는 키자이아에게 따끔하게 나무라고는 탕 하고 인형의 집을 닫았다.
그날 오후는 베릴 아주머니에게 무서운 날이었다. 윌리 브렌트한테서 편지가 왔는데, 그것은 무서운 협박장 편지로서, 만일 그날 저녁 플맨즈 부쉬에서 자기를 만나주지 않는다면 그는 현관까지 와서 그 이유를 물어보겠다는 내용이었다. 그러나 베릴 아주머니는 켈비네 아이들을 혼내주고 키자이아를 호되게 꾸짖었기 때문에, 오히려 마음이 한결 후련해졌다. 그 무서운 가슴 속의 압박감이 사라졌다. 그녀는 콧노래를 흥얼거리면서 집 안으로 들어갔다.
켈비 자매는 버넬네 집이 아주 안 보이게 되자 길 옆에 있는 크고 빨간 배수관 위에 쉬려고 앉았다. 릴의 볼은 여전히 화끈거렸고 깃 달린 모자를 벗어 무릎 위에 놓았다. 꿈꾸듯이 그들은 건초목장 건너 샛강 저쪽, 로간네 젖소들이 젖짜는 것을 바라보고 서 있는 아카시아 숲이 있는 곳을 쳐다보았다. 그들은 무슨 생각을 하고 있었을까?
얼마 안 있어 엘스는 언니 곁으로 다가왔다. 그러나 이제 그녀는 성미가 고약한 그 아주머니를 까맣게 잊고 있었다. 그녀는 손가락 하나를 뻗쳐 언니의 모자에 달린 깃을 쓰다듬고는 좀처럼 찾아볼 수 없는 미소까지 띠고 있었다.

"나는 그 조그만 램프를 보았어."

그녀는 조용히 말했다.

그러고 나서 그 자매 사이에는 또다시 말이 없었다.

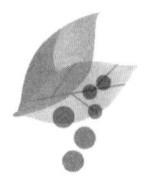

차 한잔

　로즈마리 휄은 미인이라고 할 순 없었다. 그건 사실이다. 그녀를 가리켜 예쁘다고 할 사람은 아무도 없을 것이다. 예쁘냐고? 글쎄, 그녀의 이목구비를 뜯어보면……. 그렇지만 남의 이목구비를 심하게 뜯어볼 것까지야 없지 않은가?
　그녀는 젊고 명랑하며 아주 개방적이고 멋지게 옷치장을 잘하고 신간도서 중에서도 최근에 나온 책들을 놀랄 정도로 탐독하고 있었다. 그녀가 주최하는 파티는 정말 훌륭한 사람들과 그…… 예술가들로 가장 즐겁게 어울리는 모임이었다. 이 예술가들은 묘한 인간들인데, 개중에는 말도 못할 정도로 형편 없는 사람들이 있는가 하면, 굉장히 점잖으면서도 재미있는 사람들도 있었다.
　로즈마리는 결혼한 지 2년이 되었다. 그녀에게는 귀여운 사내아이 하나가 딸려 있을 뿐이다. 그래서 남편은 끔찍하게 아내를 위해주었다. 그들은 넉넉하게 지냈다. 그렇다고 그저 편안하게만 지내는 정도가 아니라 정말 부자였다. 그저 편안하게만 지내는 정도라면 너절하고 싱거워서 할머니 할아버지들의 이야기처럼 들릴 뿐이다. 그런데 로즈마리는 쇼핑을 하고 싶으면, 당신이나 내가 본드 상점가로 가는 것처럼, 그녀는 파리로 가곤 했다. 또 꽃을 사고 싶으면 리전트 번화가에 있는 훌륭한 꽃집 앞에 차를 세워두고 들어가서 눈부신 듯 좀 별난 눈초리로 휘둘러보면서 말했다.

"저거하고, 저거하고 그리고 또 저것도 주세요. 저것도 네 묶음만 주시구요. 그리고 저 꽃병 속의 장미도요. 그럼요. 꽃병 속의 장미는 전부 주세요. 아니, 라일락은 그만두세요. 그건 싫어요. 예쁘지 않으니까요."

꽃집 점원은 굽실거리며, 라일락은 정말 볼 품이 없다는 그녀의 말이 꼭 들어맞는 양 그것을 보이지 않게 치워버렸다.

"저 뭉툭한 튤립을 주세요. 빨간 것하고 흰 것도요."

기다란 옷을 입힌 갓난애처럼 보이는 커다란 흰 종이봉지를 한아름 끌어안고 비틀거리는 야윈 여점원이 그녀를 따라 차 타는 데까지 나왔다.

겨울의 어느날 오후, 그녀는 커즌가에 있는 작은 골동품상에서 물건을 쇼핑하고 있었다. 이곳은 그녀가 좋아하는 상점이었다. 한 가지 이유로는 이 상점에는 평소에 다른 손님이 없기 때문이다. 그래서 상점주인은 우스울 정도로 그녀에게 시중드는 걸 좋아했다. 그녀가 이 상점을 찾아오기만 하면 그는 좋아서 싱글벙글했다. 두 손을 꼭 쥐고는 너무 기뻐한 나머지 말도 제대로 못할 지경이었다. 이건 물론 아첨이다. 당연히 좋은 일이 생기게 마련이다.

"사모님, 물론 아시겠지만."

그는 항상 정중하게 목소리를 낮추어 말했다.

"전 제 물건을 소중하게 여겨요. 물건을 제대로 알아볼 줄 모르는 사람, 대단히 희귀한 그런 섬세한 감정을 갖지 못한 사람들에게 물건을 마구 파는 것보다는 오히려 그냥 가지고 있고 싶어요."

그러고 나서 한숨을 푹 내쉬면서 그는 푸른 우단으로 네모나게 싼 조그마한 물건을 풀어서 창백한 손가락 끝으로 유리대 위에 밀어놓았다.

오늘 것은 조그마한 상자였다. 그녀를 위해서 보관해둔 것이었다. 아직 아무에게도 보인 적이 없다. 우아하게 생긴 조그마한 에나멜 상자였다. 하도 윤이 잘 나기 때문에 크림 발라서 구워낸 것같았다. 뚜껑 위에는 정밀하게 조각된, 한 남자가 꽃 핀 나무 아래 서 있고 그보다는 무척 작은 여자가 그 남자의 목을 껴안고 있었다. 크기가 제라늄 꽃잎 만큼이나 작은 그녀의 모자는 나뭇가지에 걸려 있었다. 거기엔 초록빛 리본이 달려 있었다. 그리고 그들 머리 위에는 핑크색 구름이 망보는 천사처럼 떠다니고 있었다.

로즈마리는 긴 장갑을 벗었다. 그런 물건을 살필 때면 으레 장갑을 벗곤 했다. 정말로 물건이 마음에 썩 들었다. 그리고 좋아보였고 무척 귀여웠다. 어쨌든 가지고 싶었다. 그 매끄러운 상자를 뒤집어보고 열고 닫고 해보는 사이에 그녀는 푸른 우단에 비친 자기 손이 정말 예쁘다는 걸 알아차렸다. 상점주인도 남 몰래 마음 한구석에서는 엉큼하게 그런 생각을 했던 것같다, 왜냐하면 그가 연필기루를 들고 계산대 위로 몸을 구부릴 때 핏기 없는 창백한 손가락이 장밋빛

반지가 반짝거리는 그녀의 손가락 쪽으로 슬금슬금 기어가고 있었기 때문이다. 그때 그는 부드러운 말로 중얼거렸다.

"사모님, 실례의 말씀이지만 상자뚜껑 위에 여자의 조끼에 놓인 자그마한 꽃무늬를 잘 보셨겠지요?"

"예쁘던데요!"

로즈마리는 그 꽃무늬를 칭찬했다.

"그런데 값은 얼마나 될까요?"

상점 주인은 잠시 못 들은 척했다. 그러고 나서 중얼거렸다.

"사모님, 28기니입니다."

"28기니라고요?"

로즈마리는 아무 내색도 하지 않았다. 그 작은 상자를 내려놓고 다시 장갑을 끼었다. 28기니라…… 아무리 부자라도…… 그녀의 표정은 막연한 듯이 보였다. 그녀는 상점주인 머리 위쪽에 있는 토실토실하게 살찐 암탉처럼 생긴 둥그스름한 찻주전자를 빤히 쳐다보았다.

대답하는 소리는 마치 꿈꾸는 듯한 소리였다.

"좋아요. 그럼, 잘 보관했다 주실까요…… 제가 언제고……."

그러나 상점주인은 그녀를 위해서 물건을 보관하는 일이라면 으레 지당한 일처럼 벌써 허리를 굽실거리고 있었다. 물론 그녀를 위한 일이라면 언제까지나 보관해주고 싶은 심정이었다. 문까지도 정중한 표시인 양 짝깍 소리를 내면서 닫혔다.

그녀는 문 밖 층계에 서서 겨울오후의 풍경을 바라보았

다. 밖에는 비가 내리고 있었다. 어둠이 비와 함께 잿빛으로 내려앉았다. 공기는 차고 매서웠으며 막 불이 켜진 가로등은 쓸쓸하게 보였다. 건너편 집집마다 새어나오는 불빛들도 애처로웠다. 마치 무엇을 후회라도 하는 듯이 희미하게 비치고 있었다. 그리고 사람들은 성가신 우산으로 몸을 가린 채 발길을 재촉하고 있었다. 로즈마리는 이상야릇한 마음의 괴로움을 느꼈다. 털 토시로 가슴을 찍어눌렀다. 그 조그마한 상자라도 있었다면 꼭 껴안고 싶었다. 물론 차가 바로 거기에서 대기하고 있었다. 길만 건너면 되었다. 그러나 그녀는 서 있었다.

누구나 살다보면 두려울 때가 있게 마련이다. 숨은 곳에서 어떤 사람이 뛰쳐나와 밖을 내다볼 때 그건 참말로 끔찍하기만 한 순간인 것이다. 그러나 이런 순간적인 유혹에 빠져들어가면 안된다. 차라리 집으로 돌아가서 아주 맛있는 차 한잔이라도 마시는 것이 좋다. 그러나 막 이런 생각을 하고 있을 때, 여위고 시꺼멓고 희미한 모습으로 보이는 한 젊은 여자가—어디에서 왔을까— 로즈마리 바로 곁에 서 있었다. 그녀는 한숨을 내쉬는 듯한, 흐느낌에 가까운 소리로 나직하게 말했다.

"사모님, 잠깐만 말씀드리고 싶어요."

"나한테요?"

로즈마리는 몸을 돌려 쳐다보았다. 그녀는 눈이 크고 약간 수척한 데다 아주 젊고 자기 나이 또래였으며 빨갛게 언 두 손으로 옷깃을 움켜쥐고, 금방 물 속에서 나온 사람처럼 덜덜 떨고 있었다.

"사—사모님."

그녀는 다급하게 더듬거렸다.

"차 한 잔 값만 주시겠어요?"

"차 한 잔 값 말이오?"

그녀 목소리에는 뭣인가 소박하면서도 진실한 데가 있어 보였다. 조금도 거지 목소리 같진 않았다.

"그럼, 한푼도 없다는 거예요?"

로즈마리는 물었다.

"사모님, 무일푼이에요."

그녀는 대답했다.

"정말, 안됐군요!"

로즈마리가 어둠 속을 쳐다보자, 그 여자는 그녀를 바라보았다. 안됐다고 말할 정도가 아니다! 그때 갑자기 이런 일이 로즈마리에게는 대단한 큰 일처럼 생각되었다. 이렇게 어둠 속에서 만난다는 것은 어쩌면 토스토예프스키 소설에나 나오는 한 장면과도 같았다.

이 여자를 집으로 데리고 간다면 어떨까? 자기가 늘 책에서나 읽고 무대에서나 구경하던 그러한 사건들을 몸소 실연해본다면 어떻게 될까? 아마 스릴 만점일 것이다. 그래서 그녀는 앞으로 나서면서 옆에 있는 희미한 모습의 여자에게 집에 가서 차나 한잔 들자고 말했다. 바로 그때 훗날 친구들이 깜짝 놀라도록 그냥 집으로 데리고 왔지, 하고 말하는 듯한 자신의 소리가 들리는 것만 같았다.

여자는 차 한잔 들자는 소리를 듣고 놀라서 뒤로 주춤했다. 잠시 몸을 덜덜 떠는 것도 멈추었다. 로즈마리는 한 쪽 손을 내밀어 그녀의 팔을 잡았다.

"농담 아니에요."

로즈마리는 생글생글 웃으면서 말했다. 그리고 자기 미소가 얼마나 소박하면서도 다정다감한가를 자신도 느낄 수가 있었다.

"왜, 싫어요? 가세요. 지금 내 차로 가서 차 한잔 들자는 거예요."

"사모님, 사모님께서는 지금 농담을 하시는 거지요?"

그녀는 물었다. 그 목소리는 괴로운 듯했다.

"아니, 진담이에요. 그래줘요."

로즈마리는 큰 소리로 말했다.

"나를 봐서라도, 이리 와요."

그녀는 입술에다 손가락을 대고 로즈마리를 뚫어지게 쳐다보았다.

"사모님, 사모님은 저를 경찰서로 끌고 가는 건 아니시지요?"

그녀는 더듬거렸다.

"경찰서라니요!"

로즈마리는 큰 소리로 웃었다.

"내가 그렇게 잔인할 수가 있겠어요? 아니에요. 나는 그저 따뜻하게 대해주고 무슨 말이든지 나에게 하고 싶은 말이 있으면 다 들어주고 싶을 뿐이에요."

굶주린 사람들은 남의 말을 잘 듣는 법이다. 운전사가 차문을 열어놓고 기다리고 있었다. 잠시 후에 자동차는 어둠 속을 헤치고 달렸다.

"자!"

로즈마리는 말했다. 우단 손잡이를 손으로 잡으면서 그녀는 일종의 승리감을 느꼈다. 사로잡다시피 한 조그마한 포로를 바라보면서 그녀는 다음과 같이 말을 해주고 싶었다.

'이제야 당신을 붙들었군요.'

그러나 이 말도 물론 친절한 의도에서 하는 말이었다. 아니, 친절 그 이상의 것이었다. 누구나 살다보면 놀라운 일도 생기고 대모代母가 된 요정들의 이야기가 실제로 있다는 것, 부자도 인정이 있다는 것 그리고 여자들은 모두 자매지간이라는 사실 등등을 이 여자에게 보여주려고 했다. 그녀는 급히 돌아서서 말했다.

"겁먹지 말아요. 도대체 나하고 같이 가는 게 어때서 그래요? 우리는 여자들이에요. 내가 좀더 잘 산다면 당신도 당연히 기대는 해야……"

그러나 바로 그때, 이 말을 끝맺지 못해 쩔쩔매고 있을 때 다행히 차가 멎었다.

버저가 울리고 문이 열리자 로즈마리는 애교 있게 보호하듯, 거의 끌어안을 듯한 동작으로 그녀를 데리고 현관으로 들어섰다. 따뜻하고, 부드럽고, 밝고, 냄새 좋은 향기는 로즈마리에게는 몸에 배어 있어 무감각한 상태였지만, 이 여자가 그런 걸 어떤 기분으로 받아들이는가를 지켜보았다.

황홀해 했다. 그녀는 마치 찬장문마다 마구 열어보고, 모든 상자를 다 풀러보려고 하는 부잣집 어린 소녀처럼 보였다.
"자, 2층으로 갈까요?"
로즈마리는 말했다. 그녀는 너그럽게 대하고 싶었다.
"내 방으로 가세요."
게다가 또 그 가엾은 여자를 하인들이 이상한 눈초리로 쳐다보지 못하게 해주고 싶었다. 두 여자들이 2층 계단으로 올라갈 때, 로즈마리는 버저를 눌러 하녀 잔느를 부르는 것도 그만두고 혼자서 옷을 갈아입어야겠다고 마음먹었다. 지금 중요한 건 자연스럽게 행동하는 것이었다.
커튼이 쳐지고 라카칠을 한 훌륭한 가구에는 난롯불이 반짝반짝 비치고 있고 황금빛 쿠션이며, 담황색에 푸른 색을 섞어 짠 융단이 있는, 크고 아름다운 자기 침실로 들어왔을 때 로즈마리는 또 한번 큰 소리로 말했다.
"자!"
여자는 바로 문 안에 서 있었다. 눈이 부신 것처럼 보였다. 그러나 로즈마리는 그런 것에 아랑곳하지 않았다.
"이리 와서 앉아요."
로즈마리는 커다란 의자를 벽난로 가까이 끌어당기면서 큰 소리로 말했다.
"이 편안한 의자에 앉아요. 어서 와서 몸을 녹여요. 굉장히 추워 보이는데."
"사모님, 괜찮아요."
여자는 말했다. 그리고 뒤로 물러섰다.

"아, 제발 좀요."

로즈마리는 앞으로 뛰어나왔다.

"겁먹을 것 없어요. 정말 겁먹지 말라니까요. 앉아요. 그리고 내가 옷을 갈아입거들랑 우리 같이 옆방에 가서 차도 마시고 편히 쉬자구요. 뭣 때문에 겁먹고 있는 거예요?"

그리고 로즈마리는 그 여자의 연약한 몸을 푹 파묻히는 의자에 반은 밀다시피 해서 가만히 앉혔다.

그러나 아무런 반응이 없었다. 그녀는 두 손을 허리에 대고 입을 약간 벌린 채 밀어다 앉힌 그대로 가만히 있었다. 정말이지 솔직히 말해서 그녀는 좀 어딘가 모자란 것같았다. 그러나 로즈마리는 그렇겐 생각하고 싶지 않았다. 여자에게 몸을 굽히면서 말했다.

"모자 벗어요. 예쁜 머리카락이 다 젖었네요. 그리고 모자를 벗는 게 훨씬 편하잖아요?"

그녀의 속삭이는 듯한 작은 소리가 이렇게 들렸다.

"사모님, 벗겠어요."

그러고 나서 다 찌그러진 모자를 벗었다.

"코트도 벗겨줄게요."

로즈마리가 말했다.

그 여자는 일어섰다. 그러나 한 손으로 의자를 붙잡고 로즈마리가 벗겨주는 대로 가만히 서 있었다. 상당히 힘이 들었다. 그 여자는 조금도 로즈마리를 거들어주지 않았다. 어쩌면 어린애처럼 비틀거리는 것같았다. 그래서 로즈마리는 생각했다. 만일 도움을 받고 싶어하는 사람이 있다면, 조금은 글쎄, 조금만이라도 반응을 보여야지, 그렇지 않고는 정말 일이 힘들다는 생각이 들었다. 이제 이 코트를 어떻게 할까? 그녀는 그것을 방바닥에 놓고 또 모자도 놓았다. 그녀가 벽난로 선반에서 막 담배를 가지러 가려고 할 때 그 여자는 빠른 속도로, 그러나 퍽 부드러운 듯하면서도 이상스러운 말투로 말했다.

"사모님, 대단히 송구스러운 말씀이지만, 저는 지금 쓰러질 것만 같아요. 뭘 좀 먹지 않으면 쓰러질 것만 같아요, 사모님."

"저걸 어쩌나! 내가 미처 생각을 못했군요!"

로즈마리는 뛰어가서 버저를 눌렀다.

"차 좀 내와요. 빨리요. 그리고 브랜디도요. 빨리요."

하녀는 다시 나갔으나 그 여자는 거의 울상이 되어 말했다.

"아니에요. 저는 브랜디는 안 마셔요. 사모님, 차 한 잔이면 족해요."

그러고 나서 그녀는 울음보를 터뜨렸다.

정말 놀랍고 얼떨떨한 순간이었다. 로즈마리는 그 여자가 앉아 있는 의자 곁에서 무릎을 꿇었다.

"울지 말아요. 가엾어라! 참으라니까요."

그녀는 말했다. 그러고는 그 여자에게 레이스 달린 손수건을 내주었다. 정말 말로는 표현할 수 없으리만큼 감동되었다. 가냘픈 새와 같은 그 여자의 어깨를 끌어안았다.

이제서야 그녀는 부끄러움을 잊었고 두 사람이 같은 여자 지간이라는 것 이외는 모두 잊어버리고 헐떡이면서 말했다.

"저는 이런 식으로는 더 살아갈 수 없어요. 못 견디겠어요. 참을 수가 없어요. 죽어버려야 할까봐요. 더 견뎌낼 수 없으니까요."

"이런 꼴 빤히 쳐다만 보고 있진 않겠어요. 내가 보살펴주겠어요. 이젠 눈물을 닦아요. 나를 만난 게 참으로 다행한 일이라고 생각 안해요? 함께 차나 마시면서 무슨 얘기든지 다 털어놔봐요. 그러면 내가 무슨 수를 써보겠어요. 눈물을 닦으라니까요. 퍽 지칠 텐데요. 제발, 부탁이에요."

그 여자는 금방 울음을 그쳤다. 로즈마리는 다행히도 찻상이 들어오기 전에 몸을 일으킬 수가 있었다. 그들 두 사람 사이에 찻상을 차리게 했다. 그녀는 이 가엾은 여자에게 샌드위치와 버터빵 전부를 권했고, 그 여자의 찻잔이 빌 적마다 차와 크림과 설탕을 더 부어주었다. 설탕은 영양분이 많다고 사람들은 늘 말했다. 로즈마리는 아무 것도 먹지 않았다. 그저 담배만 뻐끔거리면서 그 여자가 부끄러워 하지 않도록 일부러 다른 데를 쳐다보았.

이 식사는 변변치 않았지만 효과는 대단했다. 찻상을 물리고 났을 때, 전연 딴 사람이 되었다. 흐트러진 머리에다 거무스레한 입술과 움푹 파인 눈은 금세 초롱초롱해졌고 명랑한 기운을 차리고 있었다. 연약한 그 여자는 노작지근한 기분으로 커다란 의자에 등을 기대고 앉아 불꽃을 바라보았다. 로즈마리는 새로 담배에 불을 붙였다. 이제 이야기를 시작할 때였다.

"그런데 언제부터 식사를 안했어요?"

그녀는 상냥하게 물었다.

그러나 바로 그때, 문 손잡이가 돌아갔다.

"로즈마리, 들어가도 괜찮겠어?"

바로 필립이었다.

"그럼요."

그가 들어왔다.

"아, 미안한데."

그는 말했다. 그리고 발을 멈추고 쳐다보았다.

"아무렇지도 않아요."

로즈마리는 웃으면서 말했다.

"이 여자는 내 친구 미스……."

"사모님, 스미스예요."

맥없이 보이는 그 여자는 말했다. 이상하리만큼 조용하고 겁을 먹고 있지 않았다.

"참, 스미스라고 그랬지요. 우리 둘이 잠깐 얘길 하려던 참이었어요."

로즈마리가 말했다.

"아, 그래요? 정말."

필립은 말했다. 그리고 방바닥에 있는 코트와 모자 있는 데로 시선이 옮겨졌다. 벽난로 가까이 다가와서 등을 대고 섰다.

"오후날씨가 고약하군."

그는 호기심 어린 투로 말하면서, 아직도 맥이 풀려 있는 그 여자를 그녀 손과 구두를 바라보고, 다음엔 로즈마리를 다시 바라보았다.

"그럼요. 날씨치고는 아주 고약해요."

로즈마리는 힘주어 말했다.

필립은 그 매력있는 웃음을 지으면서 말했다.

"사실은 당신, 서재에 잠깐 들러줘요. 스미스 양, 죄송해요."

그 여자는 커다란 눈을 치뜨고 그를 바라보았을 뿐, 로즈마리가 대신 대답했다.

"물론, 이 친구는 이해해줄 거예요."

그들 부부는 같이 방을 나왔다.

"여보, 말 좀 해봐, 그 여자가 누구라는 걸. 도대체 이게 어떻게 된 일이야?"

그들 부부만이 따로 있게 되자 필립은 말했다.

로즈마리는 웃으면서 문에 기대어 서서 말했다.

"제가 커어즌 가에서 데리고 왔어요. 정말이에요. 주워온 여자나 다름없어요. 차 한 잔 값만 달라고 애걸하길래 그만 집으로 데리고 온 거예요."

"그렇지만 도대체 그 여자를 어떻게 할 참이야?"

필립은 소리를 질렀다.

"친절하게 대해주세요."

로즈마리는 재빨리 말했다.

"아주 잘 대해주시란 말이에요. 그 여자를 보살펴주시라니까요. 그 방법을 전들 아나요? 우리는 아직도 얘길 나누지 못했어요. 그러나 그 여자에게 이런 걸 보여주고, 대답해주고, 편안하게 해주고요."
 "여보, 당신 정말 돌았군, 그건 도저히 할 수 없는 일이야."
 필립은 말했다.
 "그런 말 하실 줄 알았어요."
 로즈마리는 대꾸했다.
 "왜 할 수 없어요? 하고 싶은 걸요. 그건 이유가 안되나요? 그리고 더구나 이런 얘기는 책에서 늘 읽고 있는 거예요. 저는 결심했어요─."
 "그건 그렇고……."
 필립은 천천히 말하면서 여송연 끝을 잘랐다.
 "그 여자는 아주 예쁘던데."
 "예쁘다고요?"
 로즈마리는 너무 당황해서 얼굴을 붉혔다.
 "당신은 그렇게 생각하세요? 저─ 저는 그런 생각은 안해봤어요."
 "저런?"
 필립은 성냥을 그었다.
 "무척 아름다운 여자야. 여보, 다시 잘 보구려. 방금 전에 당신 방에 들어갔을 때 나는 당황했어. 어…… 당신은 엄청나게 오해를 하고 있는 것같군. 여보, 내가 너무 지나쳤다면 미안해. 그런데 스미스 양이 우리하고 같이 저녁식사라도 하게 될 것같으면 미리 알려요. 그래야 《밀리너즈 개지트》 (역주=부인들 장신구에 관한 잡지)라도 읽어서 미리 얘깃거리를 준비해둘 게 아니오?"

"당신은 엉뚱한 분이세요!"

로즈마리가 말했다. 그리고 서재를 나왔지만, 침실로 돌아가지는 않았다. 자기 서재로 가서 책상에 앉았다. 예쁘다고! 무척 아름답다고! 당황했다고! 가슴이 몹시 두근거렸다. 예쁘다고! 아름답다고! 수표장을 꺼냈다. 그렇지만, 아니, 수표는 필요없을 거야. 서랍을 열고 파운드 지폐 다섯 장을 꺼내서 들여다보다가 두 장은 도로 집어넣고 나머지 석 장만을 손에 구겨 쥐고 자기 침실로 돌아왔다.

반 시간 후, 로즈마리가 서재로 들어왔을 때 필립은 아직도 거기에 있었다.

"잠깐 말씀드리고 싶어요."

그녀는 말했다. 그리고 다시 문에 기대고 유별나게 반짝이는 눈초리로 그를 바라보면서 말했다.

"스미스 양은 저녁에 우리하고 같이 식사를 못할 것같대요."

필립은 신문을 놓았다.

"아니, 무슨 일이라도 있대? 선약이라도 말이야?"

로즈마리는 가까이 와서 그의 무릎 위에 앉았다.

"그 여자가 자꾸만 가겠다는 걸요."

그녀는 말했다.

"그래서 저는 그 가엾은 여자에게 성의표시로 돈을 주었어요. 그 여자가 싫다는 걸 억지로 붙잡아둘 수는 없는 일이니까요. 안 그래요?"

그녀는 상냥하게 부언했다. 그러고 나서 곧 머리에 손질을 하고 눈매를 약간 짙게 하고 진주목걸이도 목에 걸었다. 두 손을 들어 필립의 양 볼을 만졌다.

"당신은 저를 사랑하세요?"

그녀는 물었다. 그 달콤하고 쉰 듯한 목소리가 그의 마음을 설레게 했다.

"끔찍하게— 사랑하고 말고."

그는 말했다. 그리고 힘주어 끌어안았다.

"키스해줘."

한동안 잠잠했다.

그러자 로즈마리가 꿈을 꾸는 듯한 소리로 말했다.

"오늘, 저는 멋있는 조그마한 상자를 하나 보아두었어요. 값은 28기니나요? 사고 싶어요."

필립은 무릎으로 아내를 얼러주었다.

"사지 그래. 돈 쓰는 거 좋아하시는 분인데."

그는 말했다.

그러나 로즈마리가 정말 하고 싶었던 이야기는 그게 아니었다.

"필립."

그녀는 소곤거렸다. 그리고 남편의 머리를 자기 젖가슴에다 꼭 껴안았다.

"제가 예쁘지 않아요?"

파리

"여긴 참 아늑하군."

우디필드 노인은 큰 소리로 말했다. 그는 친구인 사장의 책상 옆에 있는, 녹색 가죽을 씌운 큼직한 안락의자 속에 파묻혀 마치 유모차를 탄 어린애처럼 얼굴을 내밀었다.

대화도 끝나고 해서 이제 자리를 뜰 시간이 되었다. 그렇지만 웬일인지 집으로 돌아가고 싶지가 않았다. 그가 퇴직한 이후로 그…… 뇌일혈 증세를 겪은 이후부터는 아내와 딸들이 일주일 내내 그를 집안에다 가두다시피 하고 고작 화요일에만 외출을 시키는 정도였다.

화요일만 되면 양복도 잘 차려입고 솔질도 하고서 그날 하루를 지낼 양으로 전에 다니던 시내로 총총히 달려갈 수 있었다. 그러나 거기 가서 하루종일 뭘 하는지는 아내도 딸들도 감이 잡히질 않았다. 친구들에게 폐나 끼치겠지, 하는 정도로 집에서는 생각을 하고 있었다. 아마 그렇겠지. 하기야 인간이란 나무가 지다 남은 마지막 잎새에 집착하듯이, 늙어서도 재미를 악착스레 좇는 법이다. 그래서 우디필드 노인도 여기 앉아서 여송연을 피우며 거의 탐내는 듯이 사장을 쳐다보고 있었다.

사장은 사무용 의자 속에 푹 파묻혀 앉아 있었는데, 몸집이 뚱뚱하고 얼굴이 홍안이라 노인보다 다섯 살이 위인 데도 여전히 건강하고 아직도 사업의 실권을 쥐고 있었다. 이 사장을 대하기만 하면 누구나 기분이 좋아졌다.

노인은 부러운 듯 감탄하는 어조로 되풀이했다.

"정말, 여긴 아늑하군!"

"응, 퍽 편안하지."

사장은 맞장구를 치고는 종이 자르는 칼로 〈경제시보〉지를 툭툭 쳤다. 사실 그는 자기 방을 자랑스럽게 생각하고 있었다. 그래서 우디필드 노인이 방을 특별하게 칭찬해주는 것이 좋았다. 목도리를 두른 이 늙고 약한 친구가 환히 보이는 방 한가운데 버티고 앉아 있는 것이 그에게 든든하고도 믿음직한 만족감을 주었다.

"최근에 이 방을 새로 꾸몄지."

그는 여태까지 정확히 몇 주일 동안인지는 모르지만, 하여간 수주일을 두고 되풀이한 말을 새삼스럽게 꺼냈다.

"양탄자도 새 거구."

그는 크고 흰 둥근 무늬가 놓인 선명한 진홍색 양탄자를 가리켰다가 묵직한 책장이며 엿가락을 꽈놓은 것같은 모양의 다리가 달린 책상을 턱으로 가리켜 보이면서 말했다.

"가구도 새 거야."

"전기 히터도 장만했구!"

그는 거의 신바람이 난 듯이, 오목한 동판 속에서 다섯 개나 되는 투명한 진줏빛이 나는 소시지 모양의 전열봉電熱棒이 곱게 백열하고 있는 히터 쪽으로 손을 흔들어 보였다.

그러나 그는 우디필드 노인의 주의를 책상 위 벽에 걸려 있는 사진으로 끌지는 못했다. 그것은 엄숙한 표정을 지은 군복차림의 청년을 찍은 사진으로서, 거기에는 사진사들이 흔히 사용하는 공원과 그 위에 내리 낀 비구름을 배경으로 하고 있었다. 사진은 새 것이 아니었다. 6년 이상이나 그곳에 걸려 있었다.

"할 말이 있었는데."

우디필드 노인은 말했다. 그리고 그의 눈은 그것을 생각해내려는 듯이 흐릿한 표정을 지었다.

"자, 그게 뭐더라? 오늘 아침, 집에서 나올 땐 생각이 났었는데."

그의 두 손은 떨리기 시작했다. 그리고 턱수염 위로 반점이 번졌다.

가엾은 영감, 살 날도 이젠 얼마 남지 않았군, 하고 사장은 생각했다. 그리고 다정스러운 기분으로 노인에게 눈짓을 하고서 농담조로 말했다.

"그런데 말야, 내게 술이 한 병 있는데, 자네 추운 바깥에 나가기 전에 좀 마셔두면 좋을걸세. 아주 좋은 술이야. 이건 애들한테도 괜찮은 거네."

그는 시곗줄에서 열쇠를 빼더니 책상 밑의 찬장문을 열고 빛깔이 검고 뭉툭한 병을 꺼냈다.

"이게 그 술이라네. 이걸 가져온 남자가 나한테 절대 비밀이라고 하면서 원저성 지하실에서 나온 술이라는 거야."
그는 말했다.
우디필드 노인은 그것을 보자 입이 뻐끔히 열렸다. 사장이 토끼를 꺼내서 보여주었다 하더라도 이보다 더 놀라지는 않았을 것이다.
"이건 위스키 아닌가?"
그는 가느다란 목소리로 말했다.
사장은 술병을 돌려 다정하게 상표를 보여주었다. 정말 그것은 위스키였다.
"글쎄, 우리집에서는 술병에 손도 못 대게 한다네."
그는 사장을 이상한 듯이 쳐다보면서 말했다. 그리고 울상을 지었다.
"아, 그게 여자들보다 우리가 좀 소견이 트였다는 점이지."
사장은 큰 소리로 말하고 나서 식탁 위에 물병과 함께 놓여 있는 술잔 두 개를 집어들고 넉넉하게 손가락 두께 만큼 술을 따랐다.
"마셔둬. 몸에 좋을 거야. 이건 물을 타면 못 써. 이런 좋은 술에 물을 탄다는 건 하나님을 모독하는 격이지."
그는 자기 잔을 홀짝 들이키고는 수건을 꺼내서 급히 수염을 닦은 다음 우디필드 노인에게 눈짓을 했다. 그는 자기 술을 입 안에서 굴리면서 음미하고 있었다.
노인은 꿀꺽 삼키고 잠시 가만히 있다가 힘없이 말했다.
"위스키가 향긋하군!"
그러자 술은 그의 몸을 녹여주었다가 차갑고 늙은 노인의 뇌 속으로 스며들었다. 그는 생각이 떠올랐다.

"아, 그렇지."

그는 의자에서 몸을 일으키면서 말했다.

"자네가 알고 싶어할 것같았어. 우리집 딸애들이 지난주에 벨기에에 들렀다가 레지의 무덤을 찾아보았고 그리고 자네 아들의 무덤도 우연히 본 모양이네. 그들 무덤이 무척 가까이 접하고 있나보지."

우디필드 노인은 잠시 말을 그쳤다. 그러나 사장은 아무 대꾸도 하지 않았다. 다만 눈꺼풀이 떨린 것으로 미루어보아 그가 그 말을 들은 것이 분명했다.

"딸들은 무덤의 관리가 잘 되고 있어서 무척 기쁜 마음이었던 모양이야. 아주 훌륭하게 손질돼 있더래. 고국에 묻혀 있어도 그렇게 잘 관리를 못할 거라는 거야. 자넨 아직 가본 적이 없지?"

노인이 고함치듯 물었다.

"응, 없어!"

사장은 여러가지 사정 때문에 가본 적이 없었다.

"묘지가 넓어서 여러 마일이나 되고 그리고 그곳은 모두 화원처럼 아담하게 돼 있다는 거야. 무덤마다 꽃들이 피어 있고 넓고 훌륭한 길도 있는 모양이야."

우디필드 노인은 떨리는 소리로 말했다. 그의 목소리로 미루어 보아 넓고 훌륭한 길이 굉장히 마음에 든다는 것을 분명히 알 수 있었다.

다시 말이 중단되었다. 그러자 노인은 이상하리만큼 명랑해졌다.

"그곳 호텔에서 잼 한 병을 사는데 딸들에게 얼마나 바가지를 씌웠는지 아나? 10프랑이나 주었다네! 정말 날강도들이라니까. 병도 아주 작은 거라고 거트르드가 말하는데 크기가 겨우 반 크라운짜리 은화만 하더라는 거야. 그것도 한 숟가락밖에 안 먹었는데 10프랑을 요구했다는군. 거트르드는 그들에게 한번 본때를 보여주려고 병을 가지고 왔대. 잘한 일이지 뭐야. 그들은 우리 기분을 이용하는 거야. 우리가 아들이 전사한 곳을 보러 왔으니까 얼마든지 돈을 쓸 거라고 생각하는 모양이야. 그런 게 틀림없어."

그는 큰 소리로 말하고 나서 문쪽으로 걸어갔다.

"정말 그래. 그런 게 틀림없어!"

사장은 큰 소리로 맞장구를 쳤다. 그러나 자신도 도대체 뭐가 정말 그런지 알 수가 없었다. 그는 책상 옆을 돌아나와 우디필드 노인의 질질 끌면서 걷는 걸음을 따라가 문까지 그를 전송했다. 우디필드 노인은 가버렸다.

잠시 동안, 사장은 그 자리에 머물러 아무 것도 보이지 않는 듯 멍청히 서 있었다. 그때 백발의 사무실 사환은 사장의 표정을 살피면서 마치 운동하러 데리고 나가주기를 기다리는 개처럼 비좁은 사환실에서 들락날락하며 안절부절했다.

"30분 동안은 면회사절이오. 메이시, 알겠소? 어느 누구도 말이오."

사장은 말했다.

"잘 알겠습니다, 사장님."

문이 닫히자, 늠름하고도 묵직한 발걸음이 화려한 양탄자 위를 가로질렀다. 비대한 몸집을 폭신한 의자 속으로 털썩 주저앉혔다. 몸을 앞으로 숙이고 두 손으로 얼굴을 가렸다. 그는 울고 싶었다. 그래서 울 채비를 한 것이었다……

우디필드 노인이 사장아들의 무덤 이야기를 갑자기 끄집어냈을 때, 그는 큰 충격을 받았던 것이다. 그것은 마치 땅바닥이 갈라지고 거기에 아들이 누워 있어 우디필드의 딸들이 그를 묵묵히 내려다보고 있는 광경을 눈 앞에 보는 것만 같았다. 이상한 일이지만 아들이 죽은 지 벌써 6년 이상이 지났는 데도 사장은 자기 아들이 생시나 다름 없이 단정한 군복차림으로 영원히 잠들고 있다고밖에는 생각해본 적이 없었다.

"내 아들아!"

사장은 신음하는 소리로 말했다. 그러나 눈물은 나오지 않았다. 이전에 아들을 잃고 나서 처음 몇 달 동안은, 아니 몇 해가 지난 후에도, 그 말만 들어도 슬픔을 참을 수가 없었다. 그럴 때마다 실컷 울지 않고는 마음이 가라앉지 않았다. 그 당시 사장은 아무리 세월이 흘러도 이 슬픔은 어쩔 수 없다고 단언했고, 만나는 사람마다 붙잡고 이야기했던 것이다. 혹시 다른 사람이라면 슬픔을 극복할 수도 있고 살아가노라면 차차 잊어버리기도 하겠지만, 유별나게 그만은 그럴 수가 없었다. 어떻게 잊을 수 있단 말인가?

죽은 아들은 그야말로 단 하나밖에 없던 자식이었다. 그 아들이 태어나고부터 사장은 그를 위해서 사업을 이룩하는

데 힘써왔던 것이다. 아들을 위한 것이 아니었던들 무슨 의미가 있었겠는가. 인생 자체도 아무 의미가 없게 되었다. 아들이 자기 뒤를 이어서 자기가 남기고 간 일을 해주리라는 희망이 없다면 어떻게 노예처럼 일하고, 하고 싶은 것도 참아가며 오랜 세월을 살아왔겠는가?

당시에는 그 희망이 이루어질 날이 얼마 남지 않던 터였다. 그러니까 전쟁이 일어나기 전, 1년 동안 그의 아들은 사무실에 나와서 사업의 요령을 배우고 있었다. 아침마다 부자가 함께 출근했고 퇴근도 같은 기차를 타고 했다. 그래서 사장은 훌륭한 아들을 두었다고 사람들로부터 얼마나 칭찬을 받았던가! 그도 그럴 것이 아들은 신통하리만큼 아버지의 사업에 열중했던 것이다. 사원들 간에 그의 인기로 말할 것같으면, 메이시 노인에 이르기까지 누구나가 그를 아무리 칭찬해도 부족할 정도였다. 그러나 그는 조금도 우쭐거리지 않았다. 아니, 오히려 명랑하고 천진하며 누구에게나 재치 있는 말을 해주었고, 항상 애된 눈초리로 입버릇처럼 '정말 훌륭해!' 하고 말하는 것이었다.

그러나 이 모든 일은 다 끝장이 나고 말았던 것이다. 어쩌면 그런 일이 언제 있었느냐 하는 식으로 순식간에 사라져버린 것이다. 청천벽력 같은 전보를 메이시가 그에게 전해준 그날이 오고야 말았던 것이다. 다음과 같이 시작되는 전사통지의 내용이었다.

'귀하에게 통고해 드리는 것을 깊이 애석하게 생각하오나…….'

그래서 그는 전생애를 파멸당하고 낙심하여 사무실을 뛰쳐나왔던 것이다.

6년 전, 6년이라······. 아, 세월은 유수같이 빠르구나! 그 일이 엊그제 일만 같은데. 사장은 얼굴에서 두 손을 뗐다. 무척 당황한 기분이었다. 무엇인가가 잘못된 기분이었다. 그는 자기가 바라는 기분상태가 아니었다. 그는 자리에서 일어나 아들의 사진을 들여다보기로 작정했다. 그러나 그것은 평소에 자기가 좋아하는 아들의 사진이 아니었다. 표정이 어색했다. 싸늘하고 딱딱해 보이기까지 했다. 그의 아들은 일찍이 그런 표정을 지은 일이 없었다.

바로 그때, 파리 한 마리가 넓은 잉크병 속에 빠져서, 힘없이 발버둥치면서 다시 기어나오려고 애쓰는 모습이 사장의 눈에 띄었다. 발버둥치는 파리의 다리는 살려주세요! 살려주세요! 하고 호소하는 것만 같았다. 그러나 잉크병 속은 젖어서 미끄러웠다. 그래서 파리는 다시 미끄러져 허우적거리며 헤엄을 쳤다. 사장은 펜을 들어 파리를 잉크에서 건져 압지 위에다 떨어뜨렸다. 잠깐 동안 파리는 그 주위에 스며나온 시커먼 잉크의 얼룩 위에 가만히 있었다. 그러자 앞다리를 움직여 발을 딛고 버티더니 흠뻑 젖은 작은 몸을 끌어올려 날개에 묻은 잉크를 털어버리는 힘든 일을 시작했다. 위로 아래로, 위로 아래로 마치 낫을 숫돌에 갈 듯 파리다리는 계속 날개를 비볐다. 그리고 잠시 동작이 멎었다. 파리는 발끝으로 서듯이 하고 처음에는 한 쪽 날개를, 그 다음에는 다른 쪽 날개를 차례로 펼쳐보려고 했다. 마침내 성공했다.

이제는 앉아서 작은 고양이처럼 얼굴을 닦기 시작했다. 작은 앞발들을 서로 맞대고 비벼대는 모습이 경쾌하고 즐거운 듯이 보였다. 무서운 위험은 없어졌다. 파리는 위험을 벗어나 다시 살아나게끔 되었다.

그러나 바로 그때 사장은 문득 무슨 생각이 떠올랐는지 펜을 잉크 속에 첨벙 담갔다가 굵직한 손목을 압지 위에다 대고, 파리가 날개를 움직여보려고 하자 큼직한 잉크방울을 그 위에다 뚝 떨어뜨렸다. 파리가 어떻게 될까? 정말 어떻게 될 것인가? 파리는 아주 겁이 나고 혼이 나서 다음에는 무슨 변이 날까 두려워서 움직이지 못하는 것같았다. 그러나 다시 괴로운 듯이 몸을 앞으로 끌고 갔다. 앞다리를 움직여 발을 딛고 버티어 이번에는 더 천천히 그 일을 처음부터 다시 시작했다.

'이 파리는 용기 있는 놈이야.'

사장은 생각했다. 그리고서는 그 파리의 용기에 대해서 정말 탄복했다. 무슨 일이든 부딪쳐가는 데는 그런 식이어야 한다. 그것이 옳은 정신이다. 죽겠다는 말은 금물이다. 문제는 다만……. 그러는 사이에 파리는 다시 힘든 그 일을 해냈다. 그래서 사장은 다시 펜에 잉크를 찍어 막 깨끗해진 몸뚱이에 재차 검은 잉크방울을 바로 제 때에 맞추어 듬뿍 떨어뜨렸다. 이번에는 어떻게 될까? 숨막히는 듯한 괴로운 순간이 잠깐 계속되었다. 그러나 보라, 앞다리가 또다시 움직이고 있지 않은가? 사장은 깊은 안도감을 느꼈다. 그는 파리 위로 몸을 굽히고 부드럽게 말했다.

"요 교활한 놈······."

그리고 사장은 실제로 입김을 불어 잉크를 말리는 작업을 도와주려는 신통한 생각까지 했다. 그러나 이제는 파리의 노력이 어딘지 모르게 소심하고 힘이 없어 보였다. 그래서 사장은 잉크 속에 펜을 담그면서 이번이 마지막이라는 생각을 했다.

사실 마지막이었다. 마지막 방울이 젖은 압지 위에 떨어지자, 온 몸이 젖고 지쳐빠진 파리는 그만 그 속에 푹 쓰러져 꼼짝도 하지 않았다. 뒷다리는 몸뚱이에 착 달라붙어 있었고 앞다리는 보이지도 않았다.

"자, 빨리!"

사장은 말했다. 그리고 펜으로 파리를 건드려보았지만 소용이 없었다. 파리에게서는 아무런 반응이 없었다. 또 반응이 있을 것같지도 않았다. 파리는 죽어버린 것이었다.

사장은 종이 자르는 칼끝으로 그 시체를 집어서 휴지통에 던져버렸다. 그러나 이상하게도 억누를 수 없는 괴로운 심정에 정말 겁이 났다. 그는 자리에서 벌떡 일어나 앞으로 달려가서 초인종을 눌러 메이시를 불렀다.

"새 압지를 가져와요. 우물쭈물하지 말고요."

사장은 엄하게 명령했다. 그리고 메이시 노인이 느릿느릿 걸어나가자 사장은 아까 무슨 생각을 하고 있었던가 하고 의아해 했다. 도대체 무슨 생각이었을까? 그건······. 그는 손수건을 꺼내서 목 언저리를 닦았다. 사장은 아무리 생각해도 기억이 나질 않았다.

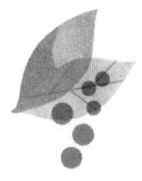

카나리아

……정면 현관의 입구 바른 편에 커다란 못이 있죠? 난 지금도 그걸 차마 쳐다보지도 못하지만 그렇다고 빼내버리지도 못했어요. 내가 죽고 난 다음이라도 항상 그대로 있었으면 좋겠어요. 이웃사람들이 다음과 같이 말하는 걸 가끔 들어요.

"저기엔 틀림없이 새장이 걸려 있었을 거야."

그런 말을 들으면 내게는 위안이 되죠. 그 새를 완전히 잊지 않았다는 생각이 드니까요.

……그 새가 얼마나 멋지게 노래를 불렀는지 상상도 못하실 거예요. 허구 많은 카나리아 노랫소리와는 전혀 달랐으니까요. 그것이 환상에 불과한 건 절대 아닙니다. 가끔 사람들이 문 앞에서 발길을 멈추고 듣고 있거나 산매화山梅花 나무 곁 담장에 기대서 오랫동안 넋을 잃은 양 멍하니 듣고 있는 걸 창문으로 내다보곤 했으니까요. 아마 뚱딴지 같은 소리라고 생각할지 모르겠습니다만—그 노랫소리를 실제로 들었다면 그렇지도 않았겠죠— 모든 노래를 부르는데 정말 시종 정연한 것같았어요.

가령, 저녁때 집안일을 다 끝내고 블라우스를 갈아입고 바느질거리를 여기 베란다로 가지고 나오면, 카나리아가 이 횃대에서 저 횃대로 깡총깡총 뛰어다니며 내 호기심을 끌려는 것처럼 빗장을 콕콕 쪼아도 보고, 직업적인 가수처럼 물로 약간 목을 축이고 나서 얼마나 멋진 노래를 갑자기 시작하곤 하는지, 나는 바느질하던 일손을 멈추고 그 노랫소리를 듣지 않을 수 없었단 말씀이에요. 그걸 말로 표현할 수는 없어요. 그럴 수만 있다면 참 좋겠어요. 하지만 저녁때마다 항상 같았고 나는 그 노래를 구절마다 다 알 것만 같았어요.

　……난 카나리아를 사랑했어요. 얼마나 사랑했는지 몰라요! 누군가가 이 세상에서 뭘 사랑하든지 그건 별로 문제가 안되겠죠. 그러나 무엇이든 사랑은 해야죠. 물론 내가 늘 사랑하는 조그마한 집과 정원이 있긴 하지만 어쩐지 그것만으로는 만족스럽지 않아요. 때로는 꽃이 놀랍게도 감응感應을 보여주긴 하지만, 그 새 만큼 공감을 주진 못해요.

　그 전에 난 저녁별을 사랑했어요. 무슨 바보 같은 소리냐구요? 저녁해가 지고 난 뒤에 뒤뜰로 가서 기다리노라면 시꺼먼 고무나무 위로 별이 반짝이며 나타났어요. 그럴 때면 난 "너 나타났구나" 하고 속삭였답니다. 그러면 바로 그 처음 순간만은 오직 나만을 위해서 반짝이고 있는 것같았어요. 그리고 이런 거—동경憧憬 같으면서도 동경도 아닌 나의 야릇한 기분을 알아주는 것같았어요. 아니, 회한— 이 말이 어쩌면 더 가까운 표현일지도 모르겠어요. 그렇지만 무엇에 대한 회한이겠어요? 감사해야 할 일이 더 많은데요.

……그러나 그 카나리아가 내 생활에 들어오면서부터는 저녁별을 잊어버렸어요. 더 이상 바랄 필요가 없어졌으니까요. 그러나 참 이상한 일이었어요. 중국인이 새를 팔려고 현관에 와서 조그마한 새장에 든 카나리아를 들어 보였을 때, 가련한 작은 방울새처럼 파닥파닥 날아다니지 않고 가냘프게 조금 지저귀자, 나는 고무나무 위의 저녁별을 향해 말하듯이 "너 나타났구나" 하고 나도 모르게 말했어요. 그 순간부터 그 새는 내 것이었죠.

……카나리아와 내가 생의 반려(伴侶)가 된 건 지금 생각해도 놀라운 일이죠. 아침에 내려와서 새장의 포장을 벗겨주면, 잠에서 덜 깬 듯한 작은 소리로 인사를 해요. 그 소리를 듣고 있노라면 "아씨! 아씨!" 하는 소리라는 걸 알게 되죠.

하숙하는 세 청년의 아침식사를 준비하는 동안은 바깥 못에 걸어두었다가 우리 둘만 남게 될 때 집 안으로 들여오죠. 빨래하는 일이 끝나고 나면 그 새는 정말 재미나는 소일거리가 된답니다. 책상 구석에 신문지 한 장을 깔고 새장을 갖다 놓으면 으레 날개를 치며 법석을 떨죠. 마치 앞뒤를 가리지 않고 무슨 일을 저지를 것만 같았어요.

"너는 본직이 배우 같구나" 하고 내가 나무라죠. 그리고 쟁반을 깨끗이 닦아 새 모래를 채우고, 모이그릇과 물그릇도 채우고 별꽃하고 반 토막의 피망을 빗장 사이에 끼워주기도 하죠, 이런 시중 한 가지 한 가지를 카나리아가 알아주고 고맙게 생각하고 있다는 걸 확신할 수가 있었어요.

아시다시피, 카나리아는 천성이 다시없이 깔끔한 새였어

요. 횃대에는 얼룩 한점 남기지 않았으니까요. 그리고 목욕을 즐기는 것만 봐도 얼마나 깔끔한 걸 좋아했는지 알 수가 있어요. 맨 나중에 목욕물을 넣어줍니다. 그러면 넣어주기가 무섭게 첨벙 뛰어들죠. 먼저 양 쪽 날개를 차례대로 푸드덕 거리고 나서 머리를 잠그고 앞가슴 털을 적시곤 합니다. 물방울이 온 주방에 튀지만 물 속에서 좀처럼 나올 생각을 하지 않아요. 그러면 "자아, 이젠 됐어. 모양만 내고 있군" 하고 말을 해주죠. 간신히 깡총 뛰어나와 한쪽 다리로 가누고 서서 콕콕 쪼아 제 몸을 말리기 시작하죠. 드디어 몸을 흔들고 파르르 떨며 짹짹거리고 목을 가다듬어요.

아, 지금도 그때의 그 모습을 진정 잊을 수가 없어요. 그때쯤이면 나는 언제나 나이프를 닦고 있었어요. 탁자 위에서 나이프를 닦아 빛을 내고 있노라면 마치 나이프마저 함께 노래를 하는 것같았어요.

……친구, 그렇지— 바로 친구예요. 나무랄 것 없는 친구예요. 혼자 살아보셨다면 친구가 얼마나 소중한지 아실 거예요.

물론 세 명의 청년들이 저녁마다 함께 저녁식사를 하고 식후에도 주방에 남아서 신문을 보는 일도 종종 있죠. 하지만 온종일 집에서 내가 종사하는 가사일에 그들이 관심을 가져주리라고는 기대할 수 없었어요. 무엇 때문에 관심을 갖겠어요? 그들에게는 내가 관심 밖의 존재인데요. 사실, 어느날 저녁 계단에서 나를 '허수아비'라고 하는 걸 엿들었어요. 그래도 괜찮아요. 그러면 어때요? 눈꼽 만큼도 신경쓰지 않아요. 난 충분히 이해하고 있어요. 그들은 젊은 걸요. 왜 내가 간섭하겠어요?

그러나 그날 밤은 내가 단지 혼자만이 아니었던 게 정말 고마웠던 걸 기억하고 있어요. 그 청년들이 가버린 뒤에 새를 보고 이야기했어요.

"그들이 네 아씨를 보고 뭐라고 한 줄 아니?"

그러자 새는 고개를 갸우뚱하며 그 귀엽게 반짝이는 눈으로 나를 바라보지 않겠어요. 그래서 나는 그만 웃음보를 터뜨리고 말았어요. 새는 그저 재미있었나봐요.

……새를 길러보셨어요? 그런 경험이 없으시다면 아마 내 말이 전부 과장으로 들릴 겁니다. 사람들은 새가 개나 고양이 같지 않고 매정스럽고 냉정한 동물이라고 생각하죠. 월요일마다 세탁부가 오는데 그녀는 으레 날보고 왜 '예쁜 폭스테리아 개'를 기르지 않느냐는 둥, "아씨, 카나리아가 무슨 위안이 되나요?" 하기 일쑤예요. 그러나 그렇지 않아요.

어느날 밤 일이 생각나는군요. 굉장히 무서운 꿈을 꾸었는데—하기야 꿈이란 무시무시하게 참혹할 수도 있지만—그 꿈을 깨고 나서도 영 잊히질 않았어요. 그래서 찬 물을 먹고 정신을 차리려고 가운을 걸치고 주방으로 내려갔어요. 겨울밤인데 비가 몹시 내렸어요. 잠이 덜 깨었을 거라고 생각되지만 덧창이 없는 주방 창문으로 어둠이 들여다보며 살피고 있는 것만 같았어요. 그래서 "난 이렇게 무서운 꿈을 꾸었어" 한다든지 "어둠이 나를 못 보게 감춰 줘" 하고 말을 건넬 수 있는 사람이 하나도 없다는 것이 갑자기 견딜 수 없을 정도로 쓸쓸했어요. 나는 잠시 두 손으로 얼굴을 감싸기까지 했어요. 그때 작은 소리로 "아씨! 아씨!" 하는 소리가 들렸어요. 새장이 테이블 위에 놓여 있었어요. 새장을 씌운 포장이 흘러내려갔기 때문에 그 속으로 불빛이 스며들고 있었어요. "아씨. 아씨!" 하고 그 귀여운 녀석이 또 부르지 않겠어요! 속삭이듯이, 마치 "아씨, 나 여기 있어요! 나 여기 있다니까요!" 하는 듯했어요. 그 소리가 어찌나 따뜻하게 마음을 녹여주던지 난 거의 울음이 나올 뻔했어요.

……그런데 그 새가 영원히 가버렸답니다. 다시는 새를 갖지 않으렵니다. 어떤 종류의 애완용이라도 기르지 않겠습니다. 어떻게 가질 수 있겠어요? 그 새가 눈을 희미하게 뜨고 발을 오므린 채 뒤로 벌렁 누워 있는 걸 발견하고는 그 귀여운 노랫소리를 다시는 듣지 못하게 되었다는 사실을 깨닫게 되자, 내 마음 속에서는 뭔가 무너져내리는 것같았어요. 내 가슴이 그 새장처럼 텅 빈 것을 느꼈어오. 잊어버리겠죠. 물론 잊어버려야죠. 사람이란 시간이 흘러가면 모든 걸 다 잊어버리게 마련이니까요. 그리고 내가 명랑한 성격이라고 사람들이 늘 그러니까요. 정말 옳은 말이에요. 그런 성격을 타고 난 걸 나는 하나님께 감사해요.

……그건 그렇고, 병적이 되거나 추억이나 그런 것 때문에 비탄에 빠져 있지 않아도 인생에는 어쩐지 무슨 슬픔이 있는 것만 같이 느껴진다는 걸 고백하지 않을 수가 없군요. 그것이 무엇이라고 꼬집어 말하는 건 어려운 일이지만요. 우리들이 다 알고 있는 슬픔, 질병이나 빈곤이나 죽음 같은

걸 말하는 건 아닙니다. 아니, 다른 무엇이에요. 가슴 깊이, 가슴 속 깊이 있는 호흡과도 같은, 우리 몸의 한 부분과 같은 것이랍니다. 아무리 고되게 일을 하고 몸이 지쳐도 일을 끝내기만 하면 그것이 거기에서 기다리고 있음을 알게 되죠.

다른 사람들도 누구나 다 그렇게 느끼고 있을까 하고 종종 생각도 해봐요. 그야 알 수 없는 노릇이죠. 그렇지만 그 아름답고 즐거운 노랫소리에서 내가 들은 게 오직 이것—슬픔이 아니면 무엇일까?—이라는 건 이상하지 않아요?

항해

픽튼호는 11시 반에 출발할 예정이었다. 별들이 반짝이는 화창하고 아름다운 밤이었다. 그들이 마차에서 내려 항구쪽으로 뻗어나온 올드 후프 부두로 내려가기 시작했을 때 때마침 바다에서 불어오는 미풍이 페넬라의 모자를 펄럭펄럭 흔들어, 그녀는 한 손으로 모자를 지긋이 눌렀다.

그 부두는 어두웠다. 정말 칠흑 같은 밤이었다. 양모 창고, 가축 싣는 차들, 우뚝 솟은 기중기, 웅크리고 있는 것만 같은 조그마한 기관차, 이러한 모든 것들이 마치 꽉 들어찬 암흑을 도려내서 만들어낸 것처럼 보였다. 여기저기에는 마치 까만 버섯자루처럼 보이는, 위를 둥글게 다듬은 나무말뚝 위마다 등불이 걸려 있었다. 그러나 그 등불은 겁이 나서 떠는 듯, 빛을 어둠 속에 비추는 것을 두려워 하고 있는 것같았다. 그래서 마치 제 자신을 위해서라는 듯이 조용히 타고 있었다.

페넬라의 아버지는 초조하고 빠른 걸음으로 앞으로 나아갔다. 그 옆에는 그녀의 할머니가 검은 색 외투자락 부딪치는 소리를 내면서 바삐 따라 걸었다. 그들은 너무 빨리 걸었기 때문에 페넬라는 그들을 따라가기 위해서 가끔 우스꽝스럽게 껑충껑충 뛰어야 했다. 그녀는 소시지 모양으로 똘똘 말아 묶은 짐보따리 외에 할머니의 우산을 꼭 잡고 있었다. 백조의 머리 모양이 장식되어 있는 우산 손잡이도 역시 페넬라가 빨리 가기를 원하는 것처럼 계속해서 어깨를 콕콕 쪼아댔다. ······남자들은 모자를 깊이 눌러쓰고 옷깃을 세우고 행하게 지나갔다. 그리고 서너 명의 여자들은 대부분 목도리로 목을 감싸고 종종걸음으로 걸어갔다. 조그마한 한 사내아이가 흰 털 숄에서 검은 팔과 다리를 드러내놓고는 자기 어머니와 아버지 틈새에 끼여 성난 듯이 끌려가고 있었다. 마치 크림 속에 빠진 파리새끼 모양 같았다.

그때 가장 큰 양모창고 뒤에서 한 줄기의 연기가 솟아오르자 "뚜—우—우!" 하는 뱃고동 소리가 갑자기, 너무 갑자기 났기 때문에 페넬라와 할머니는 펄쩍 뛰었다.

"첫 번째 뱃고동 소리다."

페넬라의 아버지가 짤막하게 말했다. 바로 그때 픽튼호가 보였다. 둥근 황금빛의 등불들이 주렁주렁 구슬처럼 매달린 채 캄캄한 부둣가에 정박해 있는 이 픽튼호는 냉랭한 바다보다는 오히려 별들 사이를 항해할 수 있는 준비가 다 되어 있는 것처럼 보였다.

사람들은 현문舷門으로 밀어닥쳤다. 맨 처음에 할머니, 다음엔 아버지 그리고 페넬라, 이런 순서로 갔다. 갑판으로 올라가는 높은 발판이 있었다. 털셔츠를 입은 한 늙은 수부가 거기에 서서 바싹 마르고 억센 손으로 페넬라의 손을 잡았다. 배에 오르자, 그들은 급히 서두르는 사람들의 방해가 되지 않는 곳으로 옮겨 상갑판으로 통하는 작은 철계단 아래에 서서 작별인사를 하기 시작했다.

"자, 어머니, 저게 어머니 짐입니다!"

페넬라의 아버지가 말했다. 그리고 할머니에게 또 하나의 짐보따리를 넘겨주었다.

"프랭크, 고맙다."

"그리고 선실 표는 잘 가지고 계시지요?"

"그래, 여기 있다."

"그리고 다른 표들은요?"

할머니는 장갑 속을 더듬어 찾아서 아버지에게 그 표들의 끝을 보였다.

"됐습니다."

그의 음성은 엄숙하게 들렸다. 그렇지만 아버지를 열심히 바라보고 있던 페넬라에게는 아버지가 지치고 슬프게 보였다.

"뚜—우—우!"

두 번째 뱃고동 소리가 바로 그들의 머리 위에서 울렸다. 그리고 외치는 듯한 목소리가 들려왔다.

"현문으로 나가실 분은 이제 안 계십니까?"

"아버님께 안부 전해주세요."

페넬라는 아버지가 그렇게 말씀하는 것을 보았다. 그리고 할머니는 몹시 흥분해서 대답했다.

"물론 전해야지. 자, 어서 가거라. 잘못하다간 배 위에 남게 되겠구나. 프랭크, 이제 그만 가거라. 어서 가라니까."

"어머니, 괜찮아요. 아직도 3분이 남았으니까요."

페넬라는 아버지가 모자를 벗는 걸 보고 깜짝 놀랐다. 아버지는 할머니를 두 팔로 끌어안더니 자기 몸에 꼭 댔다.

"어머니, 안녕히 가십시오!"

페넬라는 아버지의 작별하는 말소리를 들었다.

그리고 할머니는 반지 낀 손가락 부분이 닳아서 구멍이 난 까만 장갑을 낀 손을 아버지의 볼에 대고는 흐느껴 울면서 말했다.

"내 장한 아들아, 너도 잘 가거라!"

이 장면은 너무나 슬펐기 때문에 페넬라는 재빨리 그들을 외면하고는 한두 번 침을 꿀꺽 삼키고 나서 돛대 꼭대기 위에 있는 조그맣고 반짝이는 별 쪽을 향해서 몹시 찌푸린 얼굴로 쳐다보았다. 그러나 그녀는 또다시 돌아서야만 했다. 아버지가 떠나려고 하기 때문이었다.

"페넬라, 잘 가거라. 착한 아이가 되어야 한다."

아버지의 차고 젖은 콧수염이 페넬라의 볼을 스쳤다. 그러나 페넬라는 아버지의 옷깃을 꼭 잡고 있었다.

"저는 가면 얼마나 머무르게 되나요?"

페넬라는 불안스러운 표정으로 나직이 물었다. 아버지는 딸을 쳐다보려고 하지 않고 그녀를 점잖게 떼어놓고는 차분하게 말했다.

"이제 알게 된다. 자! 네 손을 이리 내보련?"

아버지는 페넬라의 손바닥 속에 무엇인가를 꼭 쥐어주었다.

"네가 꼭 필요할 때 쓰렴, 1실링이란다."

1실링! 아무튼 페넬라는 영영 떠나야만 한다. 페넬라는 엉엉 울면서 말했다.

"아버지!"

그러나 아버지는 떠나고 말았다. 배에서 마지막까지 남아 있던 아버지였다. 수부들은 어깨를 현문에 대고 있었다. 커다랗게 감은 시커먼 밧줄이 공중으로 휙 날아서 부두 바닥에 탕 하고 떨어졌다. 종이 울리고 뱃고동 소리가 울렸다. 그 캄캄한 부두가 조용히 그들에게서 미끄러져 떨어져나갔다. 배와 부두 사이에 바닷물이 왈칵 밀려왔다.

페넬라는 안간힘을 쓰며 지칠 줄 모르고 쳐다보았다. 아버지는 돌아다보고 계실까…… 아니면 손을 흔들고 계실까…… 혹은 혼자서 서 계실까…… 혹은 혼자서 걸어가고 있는 건 아닐까?

물줄기는 점점 넓어지고 시커멓게 되었다. 이제 픽튼호는 꾸준히 방향을 돌려 바다를 향해서 내달리기 시작했다. 더 이상 바라보았자 아무 소용 없는 일이었다. 두서너 개의 등불과 공중에 매달린 듯한 마을 시계의 앞면 그리고 어두운 언덕 위에 여기저기 흩어져 있는 등불들 외에는 눈에 보이는 것이라고는 아무 것도 없었다.

상쾌한 바람이 페넬라의 치마를 잡아당겼다. 그녀는 할머니한테로 돌아갔다. 할머니는 더 이상 슬픔의 빛이 보이지 않았기 때문에 페넬라는 한시름 놓게 되었다. 할머니는 짐보따리 두 개를 포개놓고 그 위에 앉아서 두 손을 마주잡고 머리를 한 쪽으로 약간 기울이고 있었다. 할머니의 얼굴은 긴장감이 감돌면서도 명랑한 표정이었다. 그때 페넬라는 할머니의 입술이 움직이는 걸 보고 아마 기도를 드리는 모양이라고 생각했다. 그러나 할머니는 기도를 거의 다 드렸다는 듯이 페넬라에게 명랑한 표정으로 고개를 까딱해 보였다. 그리고 마주잡았던 손을 풀고 한숨을 짓더니 또다시 두 손을 꼭 쥐고 몸을 앞으로 굽히고는 마침내 가볍게 흔들었다.

"그런데, 아가야, 선실로 가봐야겠다. 나한테 바짝 붙어서 미끄러지지 않도록 조심해라."

할머니는 모자끈을 만지작거리면서 말했다.

"네, 할머니!"

"그리고 우산이 계단 난간에 걸리지 않도록 조심해라. 여기 올 때 좋은 우산이 절반으로 꺾어진 걸 보았다."

"알았어요, 할머니."

남자들의 검은 모습들이 쭉 늘어서서 난간에 기대고 있었다. 파이프 담뱃불이 달아오를 때, 코가 환히 비치기도 하고 모자 꼭대기가 보이기도 하고 놀란 듯이 치뜬 눈썹이 보이기도 했다. 페넬라는 올려다보았다. 공중에 우뚝 솟은 모습의 작은 남자가 짧은 자켓 주머니에 손을 집어넣고 서서 바다를 바라보고 있었다. 페넬라는 배가 항상 약간씩 흔들거리기 때문에 별들도 따라서 흔들거리고 있다고 생각했다. 그때 린넬 상의를 입은, 얼굴이 창백한 급사가 손바닥 위에 쟁반을 높이 추켜들고는 불빛이 환한 출입구에서 걸어나와 그들 옆을 스쳐 지나갔다. 그들도 출입구를 지나갔다. 놋쇠

테두리를 한 층계 위를 조심스럽게 딛고 고무 거적을 밟고는 연속된 가파른 계단을 내려갔는데, 어찌나 가파른지 할머니는 한 계단 내려갈 때마다 두 발을 모아 한 번씩 숨을 들이쉬곤 했다. 그리고 페넬라는 끈적끈적한 놋쇠 난간을 꼭 붙잡고 내려갔기 때문에 백조의 머리 모양이 장식되어 있는 우산 같은 건 까맣게 잊고 있었다.

계단 맨 밑에 할머니가 조용히 서 있었기 때문에 페넬라는 할머니가 또 기도드리려고 하는 것이 아닌가 하고 생각했다. 그러나 그런 게 아니라 그것은 선실표를 꺼내기 위해서였다. 그들은 휴게실로 들어갔다. 그곳은 숨막힐 듯이 눈부시게 빛났으며 칠냄새와 불갈비 구운 냄새와 탄성고무 탄 냄새가 그득 찼다. 페넬라는 할머니가 빨리 걸어주길 바랐지만 서두르는 기색이 없었다. 햄 샌드위치가 담긴 커다란 바구니가 눈에 띄었다. 할머니는 그곳으로 가서 바구니 위에 놓인 샌드위치 한 개를 손가락으로 살짝 만졌다.

"이 샌드위치는 얼마요?"

할머니는 물었다.

"2펜스요."

무뚝뚝한 승무원은 포크와 나이프를 탕 하고 놓으면서 외쳤다. 할머니는 그 말을 믿을 수가 없었다.

"한 개에 2펜스라구요?"

할머니는 되물었다.

"그렇습니다."

승무원은 말하고 나서 자기의 동료에게 눈짓을 했다.

할머니의 조그마한 얼굴에 놀란 표정이 어렸다. 할머니는 페넬라에게 새초롬하게 낮은 소리로 말했다.

"저런 나쁜 짓이 어디 있담!"

안쪽 문으로 걸어나가 양 쪽에 선실이 있는 복도로 갔다. 아주 멋진 여자승무원이 나와서 그들을 맞이했다. 그녀의 복장은 온통 파란 색이었고 칼라와 커프스에는 커다란 놋쇠 단추들로 채워져 있었다. 그녀는 할머니를 잘 알고 있는 것 같았다.

"아, 크레인 할머니, 돌아가시는군요. 이렇게 공용실이 아닌, 개별실에 드시는 건 드문 일인데요."

그녀는 세면대가 들어 있는 칸의 자물쇠를 열면서 말했다.

"그렇지. 이번에는 내 아들이 특별히 마음을 써서—."

"그러셨군요—."

여자승무원은 돌아서서 할머니의 검은 옷차림이며 페넬라의 검은 상의와 스커트, 검은 블라우스 그리고 검정색 장미꽃을 단 모자를 슬픔에 찬 표정으로 오랫동안 바라보았다.

할머니는 고개를 끄덕이면서 말했다.

"상喪을 당한 건 다 하느님의 뜻이지요."

그 여자승무원은 입술을 다물고 한숨을 푹 쉬었다. 가슴이 부풀어오르는 것만 같았다.

그녀는 마치 자기 자신이 발견해냈다는 듯이 말했다.

"제가 항상 말하지만, 빠르거나 늦은 차이뿐이지, 우리는 누구나 죽게 마련이라는 거지요. 그것은 엄연한 사실이니까요."

그녀는 잠깐 말을 멈추었다.

"크레인 할머니, 무얼 좀 갖다드릴까요? 차를 드릴까요? 추위를 막기 위해서 무얼 좀 권한다는 건 아무 소용 없는 짓이지만."

할머니는 머리를 흔들면서 말했다.

"고마워요. 그렇지만 아무 것도 먹고 싶지 않아요. 우리에게는 비스킷이 좀 있고 페넬라는 맛있는 바나나를 가지고 있으니까요."

"그러면 나중에 또 들르지요."

그녀는 말하고 문을 닫고 나갔다.

그곳은 얼마나 작은 선실인가! 마치 할머니와 함께 상자 속에 갇혀 있는 것만 같았다. 세면대 위에 있는 검고 둥근 선창(船窓)이 그들을 향해 희미하게 비치고 있었다.

페넬라는 무서워졌다. 그녀는 짐과 우산을 꼭 쥔 채 문에 기대어 서 있었다. 그들은 여기서 옷을 벗어야 하는가? 할머니는 벌써 모자를 벗었다. 끈을 둘둘 말아 핀으로 하나하나 모자 안감에 꽂아서 모자를 높이 걸었다. 할머니의 백발이 성성한 머리카락은 마치 명주실처럼 빛났고 머리 위의 둥글게 틀어올린 조그마한 쪽은 까만 망으로 덮여 있었다. 페넬라는 할머니의 모자 벗은 머리를 본 일이 없었기 때문에 할머니가 이상하게 보였다.

"네 어머니가 털실로 떠준 스카프를 머리에 둘러야겠다."

할머니는 말하고 나서 짐보따리를 풀어 그것을 꺼내어 머리에 둘렀다. 할머니가 페넬라를 보고 정답고도 슬프게 미소

지을 때 술장식으로 되어 있는 회색 방울들이 주렁주렁 매달려 눈썹 있는 데에서 흔들리고 있었다. 할머니는 조끼를 벗고 그 속에 겹겹이 입은 것들을 다 벗었다. 마치 심한 싸움이라도 할 것같은 분위기였기 때문에 할머니는 약간 얼굴이 화끈했다. 똑딱! 똑딱! 코르셋 단추를 열었다. 할머니는 안도의 한숨을 쉬고는 부드러운 무명천으로 만든 긴 의자에 앉아서 천천히 조심스럽게 고무구두를 벗어 가지런히 놓았다.

페넬라가 상의와 스커트를 벗고 플란넬 잠옷을 입었을 때 할머니는 이미 잘 준비가 되어 있었다.

"할머니, 구두도 벗어야 하나요? 발목부츠인데요.

할머니는 잠시 신중하게 생각하고 나서 말했다.

"아가야, 벗으면 훨씬 편안할 거다."

할머니는 페넬라에게 키스했다.

"기도하는 거 잊지 말아라. 하나님은 우리가 육지에 있을 때보다 바다에 있을 때 더 많이 함께 계셔주신단다. 그리고 나는 바다여행에 경험이 많기 때문에 침대의 윗칸에서 자마."

할머니는 빠르게 말했다.

"그렇지만 할머니, 어떻게 그 높은 델 올라가세요?"

거미다리처럼 가느다란 세 개의 계단이 페넬라가 본 전부였다. 할머니는 조용히 미소를 지으며 재빨리 올라가서는, 놀란 표정을 지은 페넬라를 테두리가 없는 그 높은 침대에서 내려다보며 말했다.

"넌 할머니가 이렇게 못할 줄 알았지?"

드러누우며 경쾌하게 웃는 할머니의 웃음소리를 들었다.

딱딱하고 네모진 갈색 비누는 거품이 잘 일지 않았고 병 속에 있는 물은 일종의 푸른 젤리와 같았다. 침대 시트도 뻣뻣해서 들어제끼는 것이 너무 힘이 들었기 때문에 억지로 쑤시고 들어가야만 했다. 만일 모든 조건이 달랐다면 페넬라도 낄낄 웃었을 것이다.……마침내 페넬라는 침대 속으로 들어갔다. 누워서 가슴 두근거리고 있을 때 침대 윗칸에서 부드러운 속삭임 소리가 오랫동안 들렸다. 마치 어느 누군가가 셀로판 종이 사이에서 무엇을 찾느라고 조용조용히 부스럭거리는 것같은 소리였다. 그것은 다름 아닌 할머니의 기도드리는 소리였다.……

시간이 한참 지났다. 아까 그 여자승무원이 들어온 모양이었다. 그녀는 조용히 할머니 있는 데로 가서 침상으로 손을 내밀었다.

"지금 막 마라카 해협으로 들어가고 있습니다."

그녀는 말했다.

"아!"

"아름다운 밤이에요. 그런데 배가 비어서 좀 흔들릴 거예요."

과연 그 순간, 픽튼호는 계속 공중으로 치솟아올랐다가 한참 공중에 떠서 한 번 흔들리고는 다시 철썩 물 위로 내려앉았다. 그리고 뱃전에 심하게 부딪치는 파도소리가 들렸다. 페넬라는 그 백조의 머리 장식이 있는 우산을 작은 의자 위에 세워두었던 일이 생각났다. 만일 그 우산이 넘어진다면 깨어지지나 않을까? 그때 할머니도 페넬라와 같은 생각을 했다.
"아가씨, 내 우산 좀 내려놔주겠소?"
할머니는 낮은 소리로 말했다.
"그러지요, 크레인 할머니."
그리고 여자승무원은 할머니한테로 돌아와서 낮은 소리로 말했다.
"손녀따님이 귀엽게 잠들고 있어요."
"덕분에!"
할머니는 말했다.
"어머니를 잃은 가엾은 소녀!"
여자승무원은 말했다. 할머니는 페넬라가 잠들었을 때 그 여자승무원에게 그 동안 일어났던 일을 모두 이야기했다.
그러나 페넬라는 꿈을 꿀 만큼 깊숙이 잠들지는 못했다.
눈을 떠보니 자기 머리 위 허공에서 무엇이 흔들리고 있는 것이 눈에 띄었다. 저게 무엇일까? 도대체 저게 무엇이란 말인가? 그것은 조그마한 회색 빛깔의 한 쪽 발이었다. 그리고 또 한 쪽의 발이 흔들렸다. 무엇인가를 더듬어 찾고 있는 것같았다. 한숨소리도 들렸다.
"할머니, 저 일어났어요."
페넬라는 말했다.
"아, 사다리가 이 근처냐? 이쪽 끝인 줄 알았는데."
할머니는 물었다.
"할머니, 아니에요. 다른 쪽이에요. 제가 할머니 발을 그 위에 대드리지요. 우리는 다 온 거예요?"

"항구에 들어왔단다. 아가야, 일어나거라. 네가 움직이기 전에 정신을 좀 차리기 위해서 비스킷을 먹는 게 좋겠구나."

그러자 페넬라는 침대에서 빠져나왔다. 등불은 아직 타고 있었다. 밤은 지났고 꼭두새벽이라 추웠다. 둥근 선창으로 내다보니 저 멀리 몇 개의 바위들이 보였다. 그 바위들 위로 물거품이 덮여 있었고 갈매기 한 마리가 그 곁을 날아 지나갔다. 곧 이어 길게 뻗친 육지가 나타났다.

"할머니, 육지예요."

페넬라는 마치 몇 주일 동안이나 바다에 있었던 것처럼 신기한 듯이 말했다. 그녀는 몸을 웅크렸다. 한 쪽 다리로 버티고 서서, 다른 쪽 발가락으로 그 다리를 비볐다. 그녀는 몸을 떨고 있었다. 아, 요즈음은 모든 것이 슬프기만 했다. 그러나 좀 변화가 있지 않을까? 그러나 할머니는 이런 말만 하셨다.

"아가야, 서둘러라. 네가 그 맛있는 바나나를 안 먹으면 저 여자승무원한테 주고 간다."

페넬라는 그 검은 옷을 또다시 입었다. 장갑단추 한 개가 떨어져서 손이 닿지 않는 곳으로 굴러갔다. 그들은 갑판으로 올라갔다.

선실 안이 추울 정도였으므로 갑판 위는 얼음장 만큼이나 차게 느껴졌다. 해는 아직 뜨지 않았고 별들은 희미하게 빛나고 있었다. 그리고 냉랭하고 어스름한 하늘은 바다의 차갑고 어스름한 빛깔과 같았다. 육지의 뿌연 안개가 떠올랐다 사라졌다 하고 있었다.

이제는 시커먼 나무숲이 꽤 선명하게 보였다. 그리고 우산모양의 양치류 식물까지도 보였고 해골처럼 보이는 이상하게 은빛이 도는 시든 나무들도 보였다.……이제는 선착장도 눈에 띄었고 상자뚜껑 위에 박힌 조가비처럼 한데 붙어 있는 조그마한 집 몇 채가 희미하게 보였다. 다른 선객들은 여기저기 거닐었다. 전날 밤보다 더 동작이 느렸고 우울한 표정들이었다.

이제는 픽튼호가 선착장으로 접근해가고 있었다. 똘똘 만 밧줄을 들고 있는 남자와 기운 없어 보이는 작은 말이 끄는 마차가 있었다. 층계 위에 앉아 있던 또 하나의 남자가 다가왔다.

"페넬라, 펜레디 씨가 우리를 마중나왔단다."

할머니는 말했다. 기쁜 음성이었다. 할머니의 창백한 볼은 추워서 시퍼렇고 턱은 떨리고 있었다. 그리고 눈과 빨개진 코를 연신 닦아냈다.

"네가 가지고 있지, 내—."

"네, 할머니."

페넬라는 그것을 내보였다.

밧줄이 공중을 날아 탁 하고 갑판쪽에 떨어졌다. 현문이 내려졌다. 또다시 페넬라는 할머니를 좇아 부두로 내려가서 작은 마차에 올라타고는 이내 출발하였다. 마차는 길 위를 쿵쿵 소리를 내면서 달리다가 모랫길로 접어득었다 하사람도 눈에 띄지 않았다. 한줄기 연기조차 보이지 않았다. 안개가 떠올랐다가 가라앉곤 했다. 바다도 아직 잠에서 덜 깬 양 바닷물이 느릿느릿 모래사장으로 밀려왔다.

"어제 크레인 씨를 뵈었어요. 많이 회복되셨더군요. 지난 주일에는 지독하셨는데요."

펜레디 씨가 말했다.

그 작은 마차는 어느 집 앞에서 멈추었다. 그들은 내렸다. 페넬라가 문에다 손을 댔을 때 파르르 떨리던 큰 이슬방울들이 장갑 낀 손 끝으로 스며들었다. 이슬을 머금고 잠들어 있는 꽃들이 양 쪽에 늘어서 있는, 둥글고 흰 자갈이 깔린 조그마한 길을 따라 걸어갔다. 할머니가 좋아하는 아름다운 흰 석죽꽃은 이슬 때문에 무거워서 넘어져 있었다. 그러나 이 추운 아침에도 그 꽃들의 달콤한 향기를 얼마간 맡을 수가 있었다. 그 작은 집에는 덧문이 아직도 내려져 있었다. 그들은 계단으로 올라가서 베란다로 갔다. 부츠 한 켤레가 문 한 쪽에 놓여 있었고 다른 쪽에는 크고 빨간 물뿌리개가 있었다.

"쯧, 쯧! 네 할아버지이시다."

할머니는 말했다. 그리고 손잡이를 돌렸다. 아무 소리도 없었다. 할머니는 불렀다.

"월터!"

반은 숨이 막힌 듯이 들리는, 굵고 낮은 목소리가 즉시 대답했다.

"메리, 당신이오?"

"잠깐만 기다려요. 거기 들어가 있어요."

할머니는 말했다. 그리고 나서 페넬라를 살짝 밀어서 어둠침침한 작은 거실로 들어가게 했다.

탁자 위에 낙타처럼 꼬부리고 앉아 있던 흰 고양이가 기지개를 켜고 하품을 하고 나서 발가락 끄트머리로 팔짝팔짝 뛰었다. 페넬라는 차가운 손을 따뜻한 흰 털 속에 파묻고 문지르면서 살풋이 미소를 지었다. 그리고 할머니의 고운 목소리와 할아버지의 으르렁거리는 말소리에 귀를 기울이고 있었다.

문이 삐걱거리며 열렸다.

"아가야, 들어오렴."

할머니는 손짓을 했다. 페넬라는 따라갔다. 커다란 침대 한 쪽에 할아버지가 누워 있었다. 이불 밖으로 보이는 것이라고는 백발이 성성하고 더부룩한 할아버지의 머리와 불그스레한 얼굴 그리고 은빛 나는 긴 수염뿐이었다. 할아버지는 마치 굉장히 늙고 눈을 빤히 뜨고 있는 새와 같았다.

"아, 내 손녀딸이군! 이리 와서 키스하렴!"

할아버지는 말했다. 페넬라는 키스했다.

"흠! 조그만 코는 단추처럼 차갑군. 손에 들고 있는 건 무어냐, 할머니 우산이냐?"

페넬라는 또다시 웃고는 백조머리 모양의 우산꼭지를 침대난간에 걸었다. 침대 위쪽에는 커다란 문구文句가 두텁고 검은 빛깔로 된 틀 속에 씌어 있었다.

잃었구나!

60개의 다이아몬드 분分으로
쌓아올린 황금의 한 시간이여.
아무 보상도 없구나,
영원히 사라졌으니까!

"네 할머니가 쓴 거란다."
 할아버지는 말했다. 그리고 더부룩한 백발을 문지르면서 페넬라를 무척 즐거운 듯이 바라보았다. 그래서 페넬라는 할아버지가 자기에게 눈짓하고 있다는 생각이 불현듯 떠올랐다.

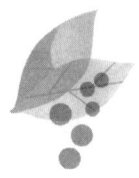

소녀

 아버지라는 분은 그 소녀에겐 두렵고 보기만 해도 도망치고 싶은 그런 위인이었다. 아침마다 아버지가 직장에 가기 전에 소녀의 방으로 와서 입맞춤을 하면 그녀는 형식적으로 "아버지! 다녀오세요" 하고 대답하곤 했다. 그런 후에 아, 마차가 길게 늘어선 거리를 따라 점점 멀어져가는 소리가 들릴 때면, 그녀는 즐거운 안도감까지 느끼는 것이었다.
 저녁에 아버지가 돌아오면, 그녀는 계단의 난간에 기대어서 현관에서 나는 그의 큰 음성을 들었다.
 "서재에 차 좀 내와라…… 석간신문은 아직 안 왔느냐? 또 부엌에다 갖다둔 게 아니냐? 어머니, 신문이 거기 가 있나 좀 봐주세요— 그리고 실내화도 좀 갖다주세요."
 "키자이아, 네가 착한 아이라면 이리 내려와서 아버지의 신발을 벗겨드리렴."
 어머니는 소녀를 부르곤 했다. 그녀는 한 손으로 난간을 꼭 잡고 천천히 계단을 내려왔다.……더 천천히 현관을 지나서 서재문을 밀어 열었다.
 그때 아버지는 안경을 쓰고 있었고, 안경 너머로 바라보는 그의 모습은 소녀를 무섭게 했다.

"그래, 키자이아야, 빨리 이 신발을 벗겨 밖에 내다놓아라. 오늘도 착한 아이였느냐?"

"모—몰라요, 아버지."

"모—모른다구? 그렇게 말을 더듬거린다면, 어머니와 같이 의사한테 가봐야겠는데."

그 소녀는 다른 사람들하고 말할 때는 더듬거리는 적이 없었는데—그런 버릇은 전혀 없었다— 아버지하고만은 말을 정확하게 하려고 너무 애를 쓰기 때문에 더듬는 것이었다.

"왜 그러니? 뭘 그렇게 비참한 표정으로 바라보고 있느냐? 어머니, 이 아이가 지금 자살이라도 할 것같은 표정을 짓지 않도록 가르쳐주었으면 좋겠어요…… 자, 키자이아, 내 찻잔을 저 테이블 위에 갖다놔라, 조심해서. 네 손은 할머니의 손처럼 떨리는구나. 그리고 손수건은 소매 위로 내놓지 말고 주머니 속에 넣어두어라."

"네, 네, 아버지."

일요일에는 아버지와 함께 교회에 나가 같은 의자에 나란히 앉아서 아버지가 크고 맑은 소리로 찬송가를 부르는 걸 듣기도 하고, 설교하는 동안은 아버지가 푸른 연필 끄트머리로 봉투 뒤에다—눈을 가늘게 뜨고— 의자 끝을 한 손으로 가볍게 똑똑 두드리며 설교내용을 메모하고 있는 것을 지켜보기도 했다. 아버지는 어찌나 큰 소리로 기도를 하던지 그녀는 하나님의 귀에는 목사님보다 아버지의 기도소리가 더 잘 들릴 것이라고 생각하고 있었다.

아버지는 굉장히 큰 분이었다. 손도 크고 목도 굵고 게다가 특히 하품을 할 때는 입의 크기가 이만저만이 아니었다. 그 소녀가 자기 방에서 혼자 아버지를 생각할 때면 꼭 거인처럼 생각되었다.

일요일 오후에는 할머니가 키자이아에게 갈색 빌로드 옷을 입혀, "아버지하고 어머니하고 재미있는 이야기를 해라" 하고 거실로 내려보내는 것이었다. 거실에는, 어머니는 《스케치》 잡지를 읽고 있고 아버지는 안락의자에 길게 누워서 손수건으로 얼굴을 가리고 양 발을 제일 좋은 긴 의자의 쿠션 위에 올려놓고는 너무 깊이 잠들어 코까지 골고 있는 모습이었다.

그녀가 피아노 의자 위에 걸터앉아서 아버지를 침통한 표정으로 바라보고 있노라면 아버지는 잠에서 깨어나 기지개를 켜며 시간을 물어보고 나서는 그녀를 쳐다보는 것이었다.

"키자이아, 그렇게 노려보지 말아라. 네 모습은 마치 작은 갈색 올빼미 같구나."

어느날 소녀가 감기에 걸려 집안에 있게 되었을 때, 할머니는 아버지의 생일이 다음 주일이라고 말해주었다. 그리고 아름다운 노란 명주헝겊으로 핀꽂이를 만들어 아버지에게 선물로 드리면 좋을 거라고 가르쳐주었다.

소녀는 애를 써서 두 겹 무명실로 세 귀퉁이를 꿰맸다. 그러나 그 속에 무엇을 채워야 할지, 그것이 문제였다. 할머니는 정원에 나가고 안 계셨기 때문에 헝겊조각을 찾으러 어머니의 침실에서 서성거렸다. 침실 탁자 위에 예쁜 종이가 꽤 많이 놓여 있는 것을 발견하고는 그것들을 한데 모아 잘게 조각을 내어 핀꽂이 주머니 속을 채우고 마지막 귀퉁이를 꿰맸다.

그날 밤 집안에는 온통 난리가 났다. 아버지가 항구관리위원회를 대표해서 연설할 긴 원고가 없어진 것이었다. 방마다 구석구석까지 뒤졌다―하인들을 불러 물어보기도 했다. 마지막으로 어머니는 소녀의 방으로 왔다.

"키자이아, 내 방 테이블 위에 있던 연설문 원고를 보지 못했니?"

"아, 보았어요. 제가 깜짝 놀래줄 선물을 만들기 위해 찢었어요."

소녀는 말했다.

"뭐라고! 지금 당장 주방으로 내려가자."

어머니는 비명을 질렀다.

그래서 그녀는 아버지가 뒷짐을 지고 서성거리고 있는 곳으로 끌려갔다.

"무슨 일이냐?"

아버지는 날카로운 소리로 물었다.

어머니가 설명을 했다.

아버지는 그 말을 듣고 발걸음을 멈추더니 어안이 벙벙한 태도로 딸을 쳐다보았다.

"네가 그랬니?"

"아……아니에요."

소녀는 나직이 말했다.

"어머니, 이 아이 방으로 올라가서 그 못된 물건을 갖다주세요……. 이 아이는 당장 잠자리로 보내야 돼요."

소녀는 울음이 터져나와 변명도 하지 못하고 컴컴한 방에 누워서, 저녁 햇살이 베니스 식 발을 통해서 새어들어와 우중충한 마루 위에 무늬를 그려놓는 것을 바라보고 있었다.

그때 아버지가 자막대기를 들고 방으로 들어왔다.

"너는 잘못한 대가로 매 좀 맞아야겠다."

그는 말했다.

"아, 싫어요, 싫어!"

소녀는 이불 속에서 발발 떨며 소리질렀다.

아버지는 이불을 옆으로 제쳐놓았다.

"일어나 앉아라. 그리고 두 손을 내놔라. 네 것이 아닌 물건은 절대 손을 대지 않도록 배워야 한다."

아버지는 명령했다.

"그렇지만, 그건 아버지의 생……생일 선물 때문이었어요."

자막대기가 그녀의 분홍빛 작은 손바닥 위에 떨어졌다.

몇 시간이 지나고 나서, 할머니가 소녀를 숄로 싸서 흔들의자에 앉혀 흔들어주었다. 소녀는 할머니의 부드러운 몸에 꼭 안겼다.

"무엇 때문에 하나님은 아버지라는 걸 만드셨을까?"

소녀는 흐느끼면서 말했다.

"아가, 여기 라벤더 향수를 뿌린 깨끗한 손수건이 있다. 아가, 어서 자거라. 아침이 되면 모든 일을 다 잊어버리게 될 거다. 내가 아버지한테 자세한 설명을 해줬지만, 아버지는 오늘 밤 너무 화가 나서 잘 듣지 못한 거란다."

그렇지만 소녀는 결코 잊을 수가 없었다. 다음날 아버지를 보았을 때, 소녀는 두 손을 뒤로 살짝 숨기고는 얼굴이 빨개졌다.

옆집에는 맥도널드네가 살고 있었다. 그 집에는 어린 아이들이 다섯이나 있었다. 키자이아는 저녁때 채소밭 울타리의 구멍을 통해서 그 집의 아이들이 술래잡기 놀이를 하고 있는 모습을 바라보았다. 그들의 아버지는 막내아들을 어깨 위에 목마를 태우고, 어린 딸들은 아버지의 윗옷 자락을 잡아당기며 깔깔거리고 웃어대면서 화단 둘레를 뛰어 돌아다녔다. 한 번은 그 집의 남자아이들이 도널드 씨에게 호스를 들이대는 것을 보았다—호스로 막 아버지에게 물을 끼얹다니— 그러자 그는 그 애들을 왈칵 붙잡아 간질렀다. 마침내 그들은 딸꾹질을 했다.

바로 그때, 그 소녀는 세상에는 여러 종류의 아버지가 있다고 생각했다.

어느날 갑자기 어머니께서 병이 났다. 그래서 어머니와 할머니는 지붕이 있는 마차를 타고 읍으로 갔다.

키자이아는 하녀 앨리스와 단 둘이 집에 남게 되었다. 낮에는 그래도 괜찮았지만 앨리스가 자기를 잠자리에 눕히고 나가려고 할 때는 갑자기 무서워지는 것이었다.

"무서운 꿈을 꾸면 난 어떻게 해?"

소녀는 물었다.

"난 가끔 무서운 꿈을 꿔. 그러면 할머니가 나를 할머니 잠자리로 데리고 가는데—난 어둠 속에서 있질 못해— 모두 살랑살랑 소리가 나는 것만 같애…… 무서운 꿈을 꾸면 난 어떻게 해?"

"아가씨, 잠들면 돼요. 그리고 소리를 질러 아버지를 깨우진 말아요."

앨리스는 말했다. 그리고 양말을 벗겨서 침대 가장자리에다 대고 탁탁 두들겼다.

그러나 전과 똑같은 무서운 꿈을 꾸었다—해적이 칼과 밧줄을 들고 소름 끼치는 미소를 지으면서 점점 가까이 다가오고 있었는데 소녀는 도망가질 못하고 겨우 버텨 서서는 "할머니, 할머니!" 하고 간신히 소리를 지르는 것이었다. 소녀가 잠에서 깨어나 바들바들 떨고 있을때 아버지가 촛불을 들고 자기 침대 옆에 서서 지켜보고 있는 모습을 보았다.

"웬일이냐?"

아버지는 물었다.

"아, 해적이…… 칼을 들고…… 할머니를 불러주세요."

아버지는 촛불을 끄고는 허리를 굽혀 딸을 끌어안고 복도를 지나 큰 침실로 데리고 갔다. 신문 한 장이 침대 위에 놓여 있었고 여송연 꽁초가 독서용 램프에 기대어 놓여 있었다. 아버지는 그 신문지를 침실바닥 위에 던지고, 담배꽁초는 벽난로 속에 던져버렸다. 그러고 나서 조심조심 눕혔다. 아버지도 딸 옆에 누웠다. 거의 잠이 든 상태였지만, 아직도 해적의 웃는 얼굴이 그녀한테서 없어지질 않는 것같아 그녀는 아버지에게 꼭 달라붙어 머리를 아버지 품 안에 넣고는 그의 잠옷 윗도리를 꼭 붙잡고 있었다.

이제는 어둠도 무섭지 않았다. 소녀는 가만히 누워 있었다.

"자, 네 다리를 아버지 다리에다 대고 비벼라. 그러면 따뜻해질 테니까."

아버지는 말했다.

그는 너무 피곤해서 딸보다 먼저 잠이 들었다. 지금까지 느껴보지 못한 야릇한 감정이 소녀에게 일어났다. 가엾은 아버지! 결국은 그렇게 크지도 않고…… 아버지를 보살펴줄 사람도 없고…… 아버지는 할머니보다 엄격하지만 그래도 좋게 엄격한 것이지…… 그런데 아버지는 매일 일을 해야 하니까 너무 지쳐서 맥도널드 씨처럼 될 수 없는 거겠지…… 그런데 자기는 아버지의 중요한 연설문 원고를 왜 죄다 찢어버렸지…… 소녀는 갑자기 마음이 설레어 한숨을 쉬었다.

"왜 그러니? 또 꿈을 꾸었니?"

"아, 아버지 가슴에 제 머리를 대고 있으니까 심장이 뛰는 것이 들리네요. 아버지, 아버지의 심장은 어쩌면 이렇게도 클까요?"

바람은 일고

갑자기—그것도 겁에 질려— 그는 잠이 깨었다. 무슨 일이 일어났을까? 무언가 무시무시한 일이 일어난 것이다. 아니, 아무 일도 일어나지 않았다. 단지 바람이 심하게 불어 창문을 덜커덩거리게 하고, 지붕의 철판을 덜커덩거리게 하고 그녀의 침대까지 흔들거리게 했을 뿐이다.

나뭇잎들이 창문을 때리고는 멀리 날아가버렸다. 저 아래 길 위에 있던 신문지 한 장이 실 끊어진 연처럼 공중에서 떠다니다가 떨어져서 소나무 가지에 걸렸다. 차가운 날씨이다. 이제 여름은 끝나고 가을이 왔다. 모든 것이 추하기만 했다.

짐마차가 뒤뚱뒤뚱거리면서 지나갔다. 중국인 두 사람이 나무장대 양 끝에 채소가 가득 담긴 바구니를 메고 휘청거리면서 걸어가고 있었다. 그들의 땋아내린 머리와 푸른 윗옷이 바람에 나부끼고 있었다. 흰 개 한 마리가 짖어대면서 대문 밖으로 뛰어나왔다.

'모든 것이 끝났구나! 뭐가? 오, 모든 것이!'

그녀는 감히 거울을 들여다보지 못하고 떨리는 손으로 머리를 손질하기 시작했다. 어머니가 현관에서 할머니와 이야기하는 소리가 들렸다.

"정말 바보 천치야! 이런 날씨에 밖의 빨랫줄에 빨래를 남겨두다니……. 글쎄, 이 좋은 테네리프 산 식탁보가 발기발기 찢어졌잖아요. ……무슨 이상한 냄새가 나지? 오트밀이 타고 있잖아. 아휴, 맙소사! 이놈의 바람이!"

그녀는 10시에 피아노 레슨이 있었다. 레슨 생각을 하자, 그녀의 머리 속에는 베토벤의 단조 악장이 연주되기 시작했는데, 전음이 마치 요란스레 울리는 작은 드럼처럼 길고도 웅장했다.

마리 스완슨은 국화가 다 망가지기 전에 꺾어오기 위해 옆집 정원으로 뛰어들어갔다. 그녀의 치마가 강풍으로 허리 위까지 들쳐올라갔다. 허리를 구부리고 있는 동안 치마를 끌어내려서 양 다리 사이에 끼우고 있으려 하지만 도대체 아무 소용이 없었다. 계속 들쳐올라만 갔다. 나무들과 덤불들이 총동원해서 그녀를 후려치는 것같았다. 그녀는 재빨리 꺾으려고 하지만 마음만 앞설 뿐 아무리 애써도 소용이 없었다. 나중에는 발을 구르고 욕설이 입 밖으로 튀어나오면서 국화나무를 뿌리째 뽑아 꺾어 비틀었다.

"제발 앞문 좀 닫아줘! 뒤로 돌아와."

누군가 소리쳤다. 그러자 그녀는 보기의 목소리를 들었다.

"어머니, 전화 왔어요, 전화요. 어머니, 푸줏간에서 왔어요."

인생이란 얼마나 지긋지긋한가. 몸서리가, 그저 몸서리가 처질 뿐이다. 이제 모자끈까지 끊어져버렸다. 물론 끊어질 수도 있어. 낡은 탬 모자라도 쓰고 뒷문으로 슬쩍 빠져나가 야지. 그러나 어머니한테 들킬 건 뻔하다.

"마틸다, 마틸다, 얼른 돌아와! 도대체 네 머리에 쓴 것은 뭐냐? 꼭 찻잔 커버 같구나. 그리고 왜 앞이마에 머리카락을 갈기갈기 풀어헤쳐놓았어?"

"지금은 안돼요, 어머니. 레슨에 늦는 걸요."

"빨리 돌아오지 못해!"

그녀는 어머니 말대로 하려고 하지 않았다. 그럴 수 없었 다. 그녀는 어머니를 미워했다.

"죽어버려라."

그녀는 길을 뛰어내려가면서 소리쳤다.

파도처럼 거대한 소용돌이가 일며, 먼지가 휘몰아쳤다. 지푸라기, 왕겨, 심지어 거름 같은 것들도 뒤섞여서 날아오 고, 정원의 나무들로부터 포효하는 소리가 들려왔다. 벌렌 선생님 댁의 대문 밖에서 들리는 바람소리는 그녀에게 "아!…… 아! 아, 아!……" 하는 파도의 흐느낌 소리 같았다.

그러나 벌렌 선생님 댁의 응접실은 동굴처럼 조용했다. 창문들은 닫혀 있고 창문 가리개도 반쯤 가려져 있었다. 그 녀는 늦지 않았다. 먼저 온 여자애가 이제 막 맥도웰의 '빙 산에게'를 연주하기 시작했다. 벌렌 선생님은 그녀를 건너 다보고 싱긋이 미소를 지었다.

"앉아라. 저기 소파에 앉아, 꼬마 아가씨."

얼마나 재미있는 분인가? 그는 누구한테도 활짝 웃지 않앉았다. 하지만 꼭 뭔가가 있는 것처럼……. 오, 이곳은 얼마나 평화로운가! 그녀는 이 방이 마음에 들었다. 우아한 빛깔로 염색된 저지 천내음, 퀘퀘한 담배내음, 그리고 국화내음이 풍겼다. 벽난로 장식대 위에는 '친구 로버트 벌렌에게' 라고 씌어진 퇴색한 루빈스타인 사진 뒤로 국화꽃을 꽂아 놓은 화병이 놓여 있었다. 검게 반짝이는 피아노 위에는 벽에 '고독한 여인'—발을 꼬고 바위 위에 앉아 양 손으로 턱을 괴고서 하얀 옷을 입은 우수에 찬 비극적 여인—이 걸려 있었다.

"아니야, 아니야!"

벌렌 선생님이 그 여자애에게 기대면서 팔을 어깨 너머로 뻗어 틀린 부분을 연주하고 있었다.

'바보 같으니라구, 저 애는 얼굴이 붉어지는군! 저렇게 어리석을 수가!'

먼저 온 여자애가 가버리고 앞문이 쾅 소리를 내며 닫혔다. 벌렌 선생님은 그 여자애를 보내고 돌아와서 아주 조용히 왔다갔다 하며 그녀를 기다렸다.

이상한 일이었다. 그녀는 손이 떨려서 악보를 넣은 가방의 매듭을 풀 수가 없었다. 바람탓일 것이다. 그런데 그녀는 가슴이 어찌나 방망이질을 하는지 마치 블라우스가 들먹들먹할 것같은 느낌마저 들었다. 벌렌 선생님은 여전히 한마디도 하지 않았다. 낡아빠진 빨간 피아노 의자는 길어서 두 사람이 앉기에 충분했다. 벌렌 선생님이 그녀 옆에 앉았다.

"음계부터 시작할까요? 아르페지오(역주 : 화음을 이루는 음을 급속히 또는 연속적으로 연주하는 것)도 조금 했는데요."

그러나 그는 대답을 하지 않았다. 그녀는 그가 못 들었다고는 생각할 수 없었다. 그런데 갑자기 그가 반지를 낀 싱싱한 손을 뻗어 베토벤을 펼쳤다.

"고전곡을 좀 쳐볼까?"

그가 말했다.

그런데 왜 그는 이렇게 다정하게—놀라울 정도로 다정하게— 그리고 마치 그들이 수십 년 동안 서로 알아왔고 서로의 모든 것을 속속들이 다 알고 있는 것처럼 말을 하는 것일까?

그는 천천히 악보의 페이지를 넘겼다. 그녀는 그의 손을 바라보았다. 그것은 아주 멋진 손이었다. 그리고 갓 씻은 손처럼 싱싱해 보였다.

"여기로군."

벌렌 선생님이 말했다.

'아, 저 다정한 목소리. 아, 저 단조 악장, 작은 드럼이 울렸던 곳이 여기야……'

"반복절을 연주할까요?"

"그래, 귀여운 아가씨."

그의 목소리는 너무너무 다정했다. 4분 음표와 8분 음표가 마치 울타리 위의 어린 흑인소년들처럼 오선지 위에서 뛰놀고 있었다.

'이 분이 왜 이럴까…… 울지 말아야지, 운 일이 아무 것도 없는걸.'

"왜 그래, 귀여운 아가씨?"

벌렌 선생님이 그녀의 손을 잡았다. 그의 어깨가 바로 거기, 그녀의 머리 바로 옆에 있었다. 그녀의 머리는 그의 어깨에 아주 살짝 기대졌고, 그녀의 볼은 탄력이 있는 트위드 옷에 닿았다.

"인생은 정말 무서워."

그녀는 중얼거렸지만 마음 속으로는 전혀 무섭지 않다고 생각했다. 그는 "기다려"라든가 "느긋하게 기다려봐"라든가 "여자란 귀한 존재"라든가 등등의 말을 하지만 그녀에게는 들리지 않았다. 참으로 편안했다. 영원히……

갑자기 문이 열리더니 마리 스왠슨이 뛰어들어왔다. 그녀는 자기 시간보다 훨씬 먼저 온 것이다.

"알레그레토를 좀더 빨리 쳐봐."

벌렌 선생님이 말했다. 그러고 나서 그는 일어나 다시 왔다갔다 하기 시작했다.

"소파에 앉아, 꼬마 아가씨."

그는 마리에게 말했다.

바람, 바람, 그녀는 방에 혼자 있는 것이 무서웠다. 침대, 거울, 하얀 물주전자와 대야…… 이런 것들이 밖의 하늘처럼 번쩍였다. 더 무서운 것은 침대였다. 이 침대에서 깊은 잠을 자다니…….

어머니는 그녀가 저기 침대커버 위에 뱀이 또아리를 틀고 있듯 하는 문양의 퀼트 조각천을 모두 꿰매려 한다는 것을 한순간이라도 상상해보셨을까? 그렇지 않을 것이다. 아니,

어머니는 그런 생각을 안하셨을 거야. 그런데 내가 그런 걸 해야만 한다는 법이 또 어디 있단 말인가? 바람, 바람! 굴뚝에서 나는 연기의 묘한 냄새가 풍겨왔다. 아무도 바람에 붙이는 시를 쓴 사람이 없던가?…… '나는 잎새와 소나기에 싱싱한 꽃들을 가져다주었네.' (역주 : 쉘리의 시 '구름' 에서 인용함) 얼마나 엉터리인가?

"너, 보기냐?"
"바닷가로 산책을 나가자, 마틸다. 더 이상 못 참겠어."
"좋아, 외투를 입고. 지독한 날씨잖아!"
보기의 외투는 그녀의 것과 똑같았다. 단추를 잠그면서 그녀는 거울을 보았다. 그녀의 얼굴은 하얗다. 그리고 우리 두 사람이 다 똑같이 흥분된 두 눈과 뜨거운 입술을 갖고 있다.
'아, 거울에 비친 두 사람은 잘 아는 사람이구나. 안녕, 친구들. 얼른 돌아올게.'
"바깥이 더 좋지 않니?"
"날 붙들어."
보기가 말했다.
빨리 걸을 수가 없었다. 그들은 머리를 숙이고 다리를 맞부딪치며 마치 뭔가에 열중해 있는 사람처럼 성큼성큼 걸어갔다. 마을을 지나 회향풀이 무성한 아스팔트 길을 꼬불꼬불 내려가 산책길로 접어들었을 때 날이 조금씩 어둑어둑해졌다. 바람이 어찌나 세게 부는지 그들은 두 명의 늙은 술수쟁이처럼 비틀거리며 바람 속을 헤쳐 나아가야만 했다. 산책길 위에 있는 작은 풀들이 땅에 쓰러져 있었다.

"이리 와! 이리 와! 가까이 붙어서 가."

방파제 저쪽 너머에는 파도가 높이 일고 있었다. 그들은 모자를 급히 벗었다. 그러자 그녀의 머리카락이 입가로 휘날렸다. 그때 짠 내음이 풍겨왔다. 파도가 아주 높이 일렁이며 돌벽에 거세게 부딪치고는 해초가 많은 계단을 삼켜버렸다. 고운 물보라가 바다에서 산책로까지 가볍게 스치고 지나갔다. 그들은 그 물보라를 뒤집어쓰고 말았다. 그녀의 입안에 물기가 돌아 차가웠다.

보기의 목소리가 변하고 있었다. 그가 말할 때면 음계가 오르락 내리락 했다. 재미있는 일이었다.—누구나 웃지 않을 수 없으리만큼— 그래도 이런 날에는 꼭 알맞은 일이었다. 바람은 그들의 목소리를 실어갔다. 그들의 말이 좁다란 리본처럼 날아가버렸다.

"더 빨리! 더 빨리!"

날씨가 더욱 어두워져가고 있었다. 항구에 있는 폐선에서 두 개의 불빛이 빛났다. 하나는 마스트 위 높은 곳에서, 또 하나는 선미에서 반짝였다.

"이봐, 보기야. 저길 봐."

길다란 연기꼬리를 내뿜으며 도처에 불을 밝힌 커다란 검은 증기선 한 척이 바다로 나아가고 있었다. 바람도 이 배를 멈추게 할 수는 없었다. 이 배는 파도를 헤치고 삐죽한 바위 사이로 뚫린 통로를 향해서 나아갔다. 이 배가 이렇게도 아름답고 신비스러워 보이는 것은 수많은 불빛 때문이었다…….

그들은 갑판 위에서 팔짱을 낀 채 난간에 의지하고 있었다.
"저 애들이 누구지?"
"형제 자매야."
"봐라, 보기야. 저기 마을이 있지. 마을이 작아 보이지 않니? 우체국의 시계가 마지막 종을 치고 있구나. 저기 우리가 바람 불던 날 거닐던 산책로가 있다. 기억나니? 나는 그날 피아노 레슨을 받을 때 울었지. 무척 오래 전의 이야기다! 안녕! 작은 섬아, 안녕……."

이제 어둠이, 요동하는 바다 위로 깃을 폈다. 배 위의 두 환상은 더 이상 볼 수 없게 되었다.
"안녕, 안녕, 잊지 말아 줘……."
그러나 이제 그 배는 가버리고 없다.
아…… 바람, 바람.

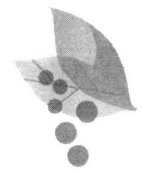

피코크 선생의 하루

　피코크 선생이 무엇보다도 싫어하는 것은 아침에 자기 부인이 잠을 깨우는 태도였다. 그녀는 물론 고의로 그렇게 하는 것이었다. 그것은 하루 동안의 투정을 시작하는 그녀의 수단이었지만, 그는 그녀에게 그 수단이 얼마나 성과를 거두었는지를 알려주려고 하지 않았다.
　그러나 정말, 정말이지 민감한 사람을 그와 같은 수법으로 깨운다는 것은 대단히 위험한 짓이었다! 그가 그런 기분을 이겨나가는 데는 오랜 시간이, 정말이지 오랜 시간이 걸렸다. 그녀는 에이프런 단추를 끼우고 머리에 스카프를 쓴 후, 방으로 들어와서는―자기는 새벽부터 일어나 노예처럼 일을 했다는 것을 증명하면서― 나직하게 경고라도 하듯이 부른다.
　"여보!"
　"뭐! 무슨 일이야?"
　"일어나실 시간이에요. 8시 30분이란 말이에요."
　그리고 나서 그녀는 조용히 문을 닫고 나가는 것이었다. 그럴 때마다 그는 아내가 자신의 승리를 흡족히 여기고 있으리라고 생각했다.

그러면 그는 큰 침대 속에서 몸을 뒤척이면서 심하게 두근거리는 그의 가슴을 가라앉혀야 했다. 심장이 두근거릴 때마다 그의 기운이 그의 몸에서 빠져나가버리는 것같았고, 두근거리는 심장의 고동 때문에 모처럼 일어났던 하루의 영감이 억압되어버리는 듯한 느낌이 들었다.

그녀는 예술가로서의 남편의 권리를 부정하고 그를 자신의 수준까지 끌어내림으로써 그의 생활을 실제보다 더 어렵게 만드는 데에 심술궂은 기쁨 같은 것을 느끼는 것같았다.

그녀는 어떻게 되어먹은 여자인가? 도대체 그녀는 무엇을 원하는가? 그는 그들이 처음 결혼했을 때보다 지금은 제자들이 세 배로 늘어 수입도 세 배로 늘었고, 그들이 장만한 모든 가구값도 지불했고, 이제는 아드리안의 유치원에 돈을 내놓기 시작하지 않았는가? 그리고 그가 그녀 명의로 된 돈이 한푼도 없다고 힐책한 적이 있었던가? 단 한마디도 힐책하지 않았고, 그런 눈치를 보인 적도 없었다.

일단 여자가 결혼을 했다 하면 탐욕심이 많아진다는 것은 사실이다. 그리고 예술가는 어쨌든 40세가 훨씬 넘기 전까지는 결혼한다는 것보다 더 치명적인 것이 없다는 것도 사실이다. 그런데 그는 왜 그녀와 결혼했던가?

그는 자신에게 이러한 질문을 하루에도 보통 세 번씩은 했지만 결코 만족스러운 해답을 얻을 수는 없었다. 그녀는 그의 의지력이 약했던 순간에 그를 사로잡아버린 것이다. 그때는 현실생활 속으로 처음 뛰어들었기 때문에 얼마 동안 그는 당황해 하고 기가 죽어 있었다. 돌이켜 보면, 그는 청구서나 채권자, 기타 온갖 지저분한 일상생활의 사소한 일들을 전혀 감당할 능력이 없었던 감상적이고 반은 어린애 같기도 하고, 반은 길들이지 않은 야생조와 같은 젊은이였다.

그런데 그의 이런 점이 그녀에게 어떤 만족감을 주는 것인지는 모르지만 그녀는 그의 기를 꺾어버리려고 최선을 다했다. 그리하여 이렇게 아침 일찍 선잠을 깨우는 계략이 성공한 데 대해 그녀는 희열을 느낄 수 있었을 것이다. 누구나 잠자리에서 일어날 때는 마지 못해 요령껏 일어나야 한다고 그는 생각하면서 따뜻한 잠자리 속으로 파고 들어갔다.

그는, 최근에 들어온 가장 매력적인 제자가 맨살이 드러나고 향수냄새가 나는 두 팔로 그의 목을 감고, 길고 향긋한 머리카락으로 그의 얼굴을 뒤덮은 채 "일어나세요, 여보……" 하면서 그를 깨우는 것으로 끝나는 일련의 매혹적인 장면들을 상상하기 시작했다.

레지널드 피코크는 늘 하는 습관대로 목욕물이 나오는 동안 자신의 목소리를 시험해보았다.

> 어머니가 웃는 거울 앞에서 그녀를 보살펴주실 때,
> 레이스를 달아주시고, 머리를 묶어주실 때…….

그는 처음에는 음질을 들어보며 부드럽게 시작했다.
셋째 줄까지는 조심스럽게 목소리를 가다듬으며 노래를

불렀다.

　　종종 생각에 잠기네, 이 사나운 아가씨가 시집을 가게 되면…….

　'시집을 가게 되면'이라는 말에 이르러서는 그가 승리감에 도취되어 소리를 질러댔기 때문에 욕실 선반 위에 있는 양치질할 때 들여다보는 거울이 흔들리고 수도꼭지까지도 우뢰 같은 갈채를 보내는 것같이 느껴질 정도였다.
　그는 탕 안으로 들어가 물고기처럼 생긴 수세미로 핑크빛을 띤 부드러운 몸 구석구석에 비누질하면서, '그래, 내 목소리는 나쁘진 않아'라고 생각했다. 그는 이 정도면 코멘트 가든 극장도 만원을 만들 수 있을 것같았다.
　그는 "시집을 가게 되면……"하고 다시 큰 소리로 계속 노래를 부르면서, 수건으로 멋진 오페라 몸짓을 하고 마치 그가 부주의한 백조 때문에 물 속에 빠진 로엔 그린(역주 : 독일 중세 전설의 기사로 바그너의 오페라 주인공. 로엔 그린은 아더 왕의 명령으로 백조가 끄는 배를 타고 브란트란 곳으로 가서 브란트 공의 딸 엘자를 재난에서 구한다)이나 되는 것처럼 수건으로 몸을 문지르더니, 이 로엔 그린은 성가신 엘자가 오기 전에 급히 몸을 말리기 위해 자기 몸의 물기를 닦았다.
　그는 침실로 돌아와서 갑자기 덧문을 잡아당겨 올리고, 햇빛이 크림빛 압지押紙(역주 : 원 대장에 올리기 전의 임시 기록 장부) 모양으로 양탄자 위에 장방형의 형태로 비치는 곳에 서서 운동—심호흡, 허리를 앞뒤로 굽히기, 개구리처럼 몸을 웅크렸다가 두 다리를 쑥 내밀기—을 하기 시작했는데, 그 이유는 그가 가장 두려워 하는, 자기와 같은 직업을 가진 남자라면 으레 그렇게 되는 무서운 경향(살이 찌는 것) 때문이었다. 그러나 지금은 그에게 살이 찌는 징조는 조금도 나타나지 않았다. 그는 자기의 몸이 아주 알맞게 균형이 잡혀 있다는 결론을 내렸다.

사실 말이지, 그는 모닝코트와 암회색 바지를 입고, 회색 양말에 은빛실로 섞어 짠 검정색 타이를 맨 후에 거울에 비친 자신의 모습을 볼 때면 만족감으로 인해 전율하지 않을 수 없었다. 이것은 그가 허영심에 차 있기 때문이 아니다.—그는 허영심이 많은 사람을 보면 참을 수 없었다— 결코 그렇지 않았다. 거울에 비친 자신의 모습이 그에게 순수한 예술적 만족감을 주었기 때문에 전율을 하는 것이었다.

"이게 전부야!"

"그것뿐이다!"라고 프랑스어로 말하면서, 그는 손으로 윤기있는 머리카락을 매만졌다.

이 짧고 쉬운 프랑스어가 마치 한모금의 담배연기처럼 그의 입에서 가볍게 흘러나오자, 그는 지난 밤에 어떤 사람이 자기에게 영국인이냐고 재삼 물었던 일이 기억났다. 사람들은 그가 이탈리아나 프랑스계의 혈통이라고밖에는 생각할 수 없었던 것같다. 사실 말이지, 그의 노래 속에 담겨 있는 감정적인 특징은 영국적인 면모가 전혀 깃들어 있지 않았다. 문의 손잡이가 덜거덕거리며 돌고 또 돌았다. 아드리안이 불쑥 머리를 들이밀었다.

"아빠, 엄마가 그러는데 아침식사 준비가 다 되었대요."

"그래."

피코크는 말했다.

그런 다음 아드리안이 막 나가자 마자 다시 불렀다.

"아드리안!"

"너 아버지한테 '안녕히 주무셨어요' 라는 인사를 안했잖니?"

두서너 달 전에 피코크는 아주 귀족적인 어느 가정에서 주말을 보낸 적이 있었다. 그런데 그 집의 아버지는 아침마다 어린 아들들과 만나서 악수를 나누었다. 피코크는 아침마다 자식들과 악수하는 그 습관이 멋있다고 생각이 되어, 당장 이것을 자기 집에서도 실천하였다. 그러나 아드리안은 매일 아침 아버지와 악수를 나누는 일을 몹시 쑥스러워 했다. 그리고 왜 아버지는 언제나 대화하는 대신에 노래하듯이 말하는 것일까 하고 생각했다.

피코크는 무척 상쾌한 기분으로 주방으로 들어가서 편지한 뭉치와 〈타임스〉지 한 부, 그리고 자기 몫으로 접시 몇 개가 놓여 있는 자리에 앉았다. 그는 먼저 편지들을 흘낏 바라보고 나서 아침식사를 바라보았다. 두 개의 얇게 썬 베이컨 조각과 계란 한 개가 놓여 있었다.

"당신 베이컨 좋아하지 않소?"

그가 물었다.

"아니에요, 저는 차가운 사과구이가 좋아요. 그리고 매일 아침 베이컨을 먹을 필요는 없다고 생각해요."

그렇다면, 그녀는…… 그도 매일 아침 베이컨을 먹을 필요가 없고 그를 위해서 베이컨을 요리해주는 것이 싫다는 말인가?

"당신 아침식사 준비를 하기 싫으면 왜 하녀를 두지 않소? 우리가 하녀 한 명쯤 둘 여유가 있고, 또 내가 아내의 일하는 모습을 보기 싫어한다는 것을 당신은 알고 있잖소. 그리고 단순히 과거에 우리가 고용했던 모든 하녀들이 일을 잘못해서 내 생활체계를 완전히 뒤집어버렸고, 또한 내 제자들을 집으로 데려올 수 없게 만들었다는 그 이유 때문에, 당신은 좀더 훌륭한 하녀를 구하는 것도 포기해버렸소? 하녀를 길들인다는 것이 불가능한 일은 아니잖소? 더구나 이런 일이 어떤 재주를 필요로 하는 것도 아닐 텐데 말이오.?"

"하지만 저는 제가 직접 일하는 게 더 좋아요. 그래야만 가정도 훨씬 평화로워지구요. 아드리안, 빨리 학교갈 준비나 해라."

"오, 아니, 그게 아니란 말이야!"

그는 미소짓는 척하면서 계속해서 말했다.

"당신은 무슨 특별한 이유로, 나를 창피하게 만들고 싶기 때문에 손수 일을 하는 거요. 객관적으로 봐서는 당신이 이걸 모를 수도 있지만, 주관적으로 보면 그렇단 말이오."

이 마지막 말이 아주 흡족해서 그는 마치 무대에라도 선 듯한 기분으로 점잖게 편지봉투를 뜯었다.

친애하는 피코크 씨에게

오늘 저녁 신생님의 노래로 인해 제가 느낀 놀라운 기쁨에 대해 다시 감사를 드리지 않고는 잠을 이룰 수 없을 것같습니다. 정말 잊혀지질 않아요. 이 세계가 그저 그런 것이라서, 저는 소녀시절 이후 놀란 일이 없어요. 그런데 선생님은 저를 놀라게 하셨어요. 이 평범한 세상이 그저 그런 것뿐이니 말씀이에요. 신성한 아름다움과 풍요로움을 직시할 수 있는 용기를 우리가 가지고 있다 하더라도, 그것들을 이해하는 우리들을 위하여, 그것들이 우리를 기다려주지 않는다면 어떻게 되겠어요. 그리고 이것을 우리의 것으로 만들려는 각오조차 없다면요. ……집 안은 적막에 잠겨 있어요. 만일 선생님이 지금 여기에 계셔서 제가 직접 감사의 인사를 드릴 수 있다면 얼마나 좋을까요. 선생님은 참으로 훌륭한 일을 하고 계신 거예요. 선생님은 이 세상 사람들에게 이 괴로운 인생으로부터 속세에서 벗어나는 일을 가르치고 계시는 거예요!

이노우니 펠로

추신; 이번 주 오후에는 늘 집에 있겠어요…….

이 편지는 두꺼운 수제품 종이 위에 자줏빛 잉크로 휘갈겨 씌어 있었다. 허영심이라는 찬란한 새가 다시 날개를 펼쳐서 마침내 그는 가슴이 터질 것만 같았다.

"좋아요, 이제 말다툼은 그만둡시다."

그는 그렇게 말하면서 한 손을 아내에게 뻗었다.

그러나 그녀는 여기에 응할 만한 아량이 없었다.

"빨리 서둘러서 아드리안을 학교에 데리고 가야 해요. 당신 방은 다 치워놨어요."

그녀는 말했다.

좋아, 좋아. 그러면 두 사람 사이에는 확실히 전쟁상태이다! 그는 죽었으면 죽었지 먼저 화해하지는 않을 것이다.

그는 그의 방을 서성거렸다. 그러나 아드리안과 그의 아내가 나가면서 밖의 문을 닫는 소리가 들릴 때까지 마음이 가라앉지 않았다. 물론 이런 사이가 계속된다면 그는 어떤 다른 계획을 세워야만 할 것이다. 이것은 자명한 일이었다. 이처럼 얽매이고 속박당하면서 어떻게 이 세상 사람들에게 이 괴로운 생활로부터 벗어나는 일을 가르칠 수 있겠는가? 그는 피아노를 열고 오전에 오게 되어 있는 제자들의 이름을 훑어보았다. 베티 브리틀 양, 월코우스카 백작부인 그리고 마리안 모로우 양 등이었다. 이들 셋은 다 멋있는 여자들이었다.

정각 10시 30분에 초인종이 울렸다. 그는 문 쪽으로 걸어갔다. 베티 브리틀 양이 하얀 옷을 입고 악보가 든 푸른 색 가방을 들고 서 있었다.

"너무 빨리 왔나봐요."

그녀는 얼굴을 붉히고 수줍어 하며 말했다. 그러고는 커다란 푸른 눈을 크게 뜨면서 계속 말했다.

"그렇지요?"

"천만에, 귀여운 아가씨. 나는 그저 황홀할 따름입니다. 들어오시지요."

피코크는 말했다.

"정말 멋진 아침이에요. 공원을 걸어왔는데요, 꽃들이 너무 예뻐요."

브리틀 양이 말했다.

"그래요, 그럼 발성연습을 하는 동안 그 꽃들을 생각해봐요."

피코크는 피아노 앞에 앉으며 말을 이었다.

"그러면 아가씨의 목소리가 다양해지고 열기를 띠게 될 겁니다."

오, 이 얼마나 멋진 생각인가? 피코크 씨는 정말 천재야. 그녀는 입술을 벌리고 팬지꽃처럼 노래를 부르기 시작했다.

"좋아, 정말 좋아요."

피코크는 냉혹한 죄인의 마음까지도 천국으로 보낼 것같은 화음을 연주하며 말을 계속했다.

"입술을 동그랗게 벌려서 소리를 매끈하게 내봐요. 두려워 하지 말고 길게 끌면서 향수처럼 내뿜어요."

하얀 드레스를 입고 작은 금발의 머리를 갸우뚱하며, 뽀얀 목을 드러내고 서 있는 그녀의 모습이 얼마나 아름다운가.

"거울 앞에서 연습해본 적 있어요? 잘 알겠지만 거울 앞에서 연습을 해야 해요. 그러면 입술이 더 잘 움직이지요. 이리 와요."

피코크가 말했다.

그들은 거울 쪽으로 가서 나란히 섰다.

"자, 해봐요. 무―에―쿠―에―우―에―아―!"

그러나 그녀는 중단해버렸다. 여느 때보다 더 얼굴이 새빨갛게 붉어졌다.

"오, 못하겠어요. 너무 바보스러운 느낌이 들어요. 웃음이 터져나올 것만 같은 걸요. 정말 무척 바보같아 보이네요!"

그녀는 외쳤다.

"아니, 그렇지 않아요, 두려워 하지 말라니까요."

피코크는 너무도 다정스레 웃으면서 말했다.

"자, 다시 해봐요!"

레슨 시간은 빨리 지나가버렸고, 베티 브리틀 양은 수줍음을 완전히 극복했다.

"언제 또 올까요? 저는 지금 되도록이면 많은 레슨을 받았으면 해요. 오, 피코크 선생님, 저는 레슨이 아주 즐거워요. 모레 와도 되겠어요?"

"나는 그저 황홀할 따름입니다, 아가씨."

피코크는 그렇게 사의를 표하면서 그녀를 보냈다.

아름다운 여자다! 그들이 조금 전에 거울 앞에 서 있었을 때 그녀의 하얀 소매가 그의 검정옷에 살짝 닿았다. 그는 느낄 수 있었다……. 그렇다, 그는 실제로 따스하게 훈훈해지는 그 접촉지점을 느낄 수 있었다. 그래서 그곳을 어루만졌다. 그녀는 자기의 레슨을 좋아했다. 그의 아내가 들어왔다.

"여보, 돈 좀 주실 수 있어요? 우유값을 줘야겠어요. 그리고 오늘 저녁식사 하러 집에 들어오시겠어요?"

"그럼, 내가 9시 30분에 팀버크 경의 집에서 노래를 부른다는 것을 당신도 알잖소. 저녁에 계란을 넣은 맑은 스프를 만들어주겠소?"

"네, 그런데 돈을 주셔야죠, 여보. 우유값은 8실링 6펜스예요."

"그건 너무 비싸지 않소?"

"아니에요, 그건 제 값이에요. 그리고 아드리안은 우유를 마셔야만 해요."

그녀는 그와 맞서는 데에 아드리안을 내세우고 있었다.

"나는 내 아이에게 적절한 양의 우유를 마시지 못하게 할 마음은 추호도 없소. 여기 10실링 있소."

초인종이 울렸다. 그는 문 쪽으로 갔다.

"오, 계단을 올라오는데 무척 힘들군요. 숨이 가쁜데요."

윌코우스카 백작부인이 입을 열었다. 그녀는 그를 따라 음악실로 들어오면서 자기의 가슴 위에 손을 얹었다. 그녀는 온통 검정차림에 하늘거리는 가리개가 달린 조그마한 검정색 모자를 쓰고 있었다. 그리고 가슴에는 제비꽃 몇 송이를 꽂고 있었다.

"오늘은 발성연습을 시키지 말아주세요. 아니, 오늘은 노래만 부르고 싶어요. 그리고 제비꽃을 떼도 되지요? 너무 빨리 시드니까요."

그녀는 외국인다운 태도로 외치면서 즐거운 듯이 두 손을 내저었다.

"곧 말라 비틀어지지요— 곧 말라버릴 거예요."

피코크는 그렇게 말하고 피아노를 연주하기 시작했다.

"이 꽃을 여기에 꽂아도 될까요?"

백작부인은 피코크의 사진 앞에 놓여 있는 작은 꽃병 안에 꽃을 꽂았다.

"백작부인, 나는 그저 황홀할 따름입니다!"

그녀는 노래를 부르기 시작했다.

……그대는 절 사랑해요. 그럼요, 전 알고 있어요. 그대가 절 사랑하고 있다는 걸…….

이 구절에 이를 때까지는 잘 불렀다. 그가 건반에서 손을 떼고 휙 돌아서자, 그녀와 마주 보게 되었다.

"아니, 아니에요. 그 부분이 아주 좋지 않아요. 그보다 더 잘 부를 수 있어요. 부인이 사랑하는 것처럼 부르셔야 해요. 들어보세요, 제가 불러보겠습니다."

피코크는 힘찬 목소리로 노래를 불렀다.

"오, 알았어요, 알았어요. 무슨 말씀인지 알겠어요. 제가 다시 해볼까요?"

체구가 작은 백작부인이 더듬거리면서 말했다.

"좋아요. 두려워 하지 말고, 감정을 풀어놓으세요. 고백하세요. 그리고 당당하게 애인에게 항복하세요!"

그는 악보 너머로 말했다. 그리고 그녀는 노래를 불렀다.

"좋아요, 아까보다는 나아졌어요. 하지만 나는 부인이 좀 더 잘할 수 있다고 생각합니다. 나하고 함께 불러봅시다. 여기에는 일종의 환희에 가득 찬 반항의 기분도 역시 들어가야 되지요. 그런 생각이 안 들어요?"
 그들은 함께 노래를 불렀다. 아! 이제 그녀는 확실하게 이해가 되었다.
 "다시 한 번 불러볼까요?"

 그대는 절 사랑해요. 그럼요, 전 알고 있어요. 그대가 절 사랑하고 있다는 걸.

 이 구절이 완벽해지기 전에 레슨 시간이 끝났다. 외국인의 자그마한 두 손이 악보를 끌어모을 때 떨렸다.
 "부인, 제비꽃을 잊으셨습니다."
 피코크가 부드럽게 말했다.
 "그냥 잊어버리고 가겠어요."
 백작부인이 아랫입술을 깨물면서 말했다. 이들 외국여자들의 몸짓은 얼마나 매력적인가!
 "그리고 일요일에 저희 집에 오셔서 노래를 불러주시겠어요?"
 부인이 물었다.
 "부인, 전 그저 황홀할 따름입니다!"
 피코크가 말했다.

 더는 울지 마세요, 슬픈 분수여. 어이 하여 그대는 그리도 빨리 솟아오르는가?

마리안 모로 양이 노래를 불렀다. 그런데 그녀의 눈에는 눈물이 가득했고 턱은 떨렸다.

"아직 부르지 말아요. 내가 피아노를 쳐드릴 테니까."

피코크가 말했다. 그리고 아주 부드럽게 피아노를 쳤다.

"무슨 일이라도 생겼나요? 오늘 아침에는 기분이 퍽 안 좋아 보이는군요."

피코크가 물었다.

그렇다. 그녀는 기분이 좋지 않았다. 그녀는 몹시 따분한 기분이었다.

"내가 들어도 괜찮은 건가요?"

정말 특별한 일이 있는 것은 아니었다. 그녀는 가끔 인생이 거의 참을 수 없을 정도로 따분해지면 그런 슬픈 우수에 잠기는 것이었다.

"아, 알겠습니다. 내가 도움을 줄 수만 있다면!"

"선생님은 도와주고 계세요. 도움이 되고 말고요! 오, 이 레슨마저 없다면 저는 살아갈 수 없을 거예요."

"안락의자에 앉아서 제비꽃 내음을 맡아보세요. 내가 아가씨를 위해 노래를 불러드리지요. 아마 아가씨가 노래를 부르는 것과 같은 이득이 될 겁니다."

왜 세상의 모든 남자들은 피코크 선생처럼 되지 않는단 말인가?

"저는 지난 밤 연주회가 끝난 후에 시 한 편을 썼어요. 그저 제 느낌을 쓴 거예요. 물론 어떤 개인의 일신에 관한 시는 아니지요. 그 시를 선생님께 바쳐도 될까요?"

"아가씨, 그저 나는 황홀할 따름입니다."

오후가 다 지나갈 무렵 그는 너무 피곤하여 옷을 갈아입기 전에 소파에 누워서 쉬고 있었다. 그의 방문은 열려 있었다. 그는 아드리안과 아내가 주방에서 이야기하는 소리를 들을 수 있었다.

"엄마, 저 찻주전자를 보고 제가 무슨 생각을 했는지 아세요? 그 주전자를 보니 앉아 있는 새끼 고양이 생각이 나요."

"그래?"

피코크는 선잠이 들었다. 전화벨이 울려 그는 잠에서 깨었다.

"이노우니 펠이에요, 피코크 선생님. 방금 선생님이 오늘밤 팀버크 경 댁에서 노래를 부를 예정이라는 말을 들었어요. 저와 함께 저녁식사를 하시고 함께 팀버크 경 댁으로 가시면 안될까요?"

그의 대답은 전화기 위에 마치 꽃송이처럼 사르르 떨어졌다.

"부인. 저는 그저 황홀할 따름입니다."

얼마나 멋진 밤이었던가! 이노우니 펠과 단 둘만의 조촐한 저녁식사에 이어 그녀의 백색 승용차로 팀버크 경 집까지 드라이브. 그리고 이때, 그녀는 잊혀지지 않는 감명에 대해 다시 감사를 하는 것이다. 거듭되는 환희! 게다가 팀버크 경은 샴페인까지 철철 넘쳐흐르게 따라주는 것이었다.

"샴페인 더 들게, 피코크."

팀버크 경이 말했다.

피코크 씨가 아니라 피코크였다. 팀버크 경은 마치 그가 자기 친구들 중의 한 사람인 것처럼 그냥 '피코크'라고 불렀던 것이다. 그는 예술가였다. 그리고 그는 그들의 마음을 다 흔들어놓을 수 있었다. 게다가 그는 그들 모두에게 이 따분한 세상에서 벗어날 수 있는 방법을 가르쳐주지 않았던가!

그가 노래를 부를 때 마치 꿈 속에서처럼 여자들이 장식으로 모자에 꽂고 있던 새깃이니 꽃이니 부채 같은 것을 마치 커다란 꽃다발처럼 그에게 마구 바치거나 그의 앞에 놓는 것을 보았다.

"한 잔 더 들게, 피코크."

"손가락 하나만 까딱하면 뭐든지 요리할 수 있어."

피코크는 눈에 띌 정도로 비틀거리며 집으로 돌아오면서 생각했다.

그러나 그가 자기의 어두운 아파트에 발을 들여놓는 순간, 그의 왕성했던 패기는 점점 무너지기 시작했다. 그는 침실의 전등을 켰다. 그의 아내는 침대의 한 쪽에서 웅크리고 자고 있었다. 그가 아내에게 저녁식사를 밖에서 하겠다고 말했을 때, 그녀가 하던 말이 문득 떠올랐다. "미리 알려줄 수도 있잖아요!" 그러자 그는 이렇게 대답했었다. "당신 예의범절에 벗어나지 않게 말할 수는 없소?" 그는 그녀가 자기에게 별로 관심이 없다는—자기의 예술가의 생활이나 성공에 조금도 관심이 없다는— 것은 도저히 믿어지지 않는다고 생각했다. 여자들 중에는 그들이 만약 그의 아내가 된다면 눈이라도 빼주려고 야단일 텐데…….

그렇지, 그는 그것을 알고 있었다. 공공연하게 그것을 인정해버리면 어떨까? 게다가 아내는 잠을 잘 때까지도 적대시하고 누워 있었다. 영원히 이런 생활을 해야만 하는 걸까 하고 그는 생각했다. 술기운은 아직도 남아 있었다. 아, 아내와 내가 만일 친구 사이라면 나는 지금 그녀에게 할 말이 얼마나 많을까! 오늘 저녁의 일들, 심지어는 나에 대한 팀버크 경의 태도 그리고 다른 사람들이 나에게 했던 모든 말들에 대해 말할 수 있을 텐데. 만일 내가 집에 돌아오면, 아내가 기다리고 있다는 것이 즐겁게 느껴질 수만 있다면—내가 그녀를 신뢰할 수만 있다면— 그리고 또 그리고…….

그는 이런 기분에 휩싸여서 신발을 벗어 구석에다 던져버렸다. 이 소리에 아내는 기겁해서 잠이 깨었다. 그녀는 똑바로 앉아 머리카락을 뒤로 젖혔다. 그는 아내를 친구로 대하고, 그녀에게 모든 것을 이야기하며, 그녀의 환심을 사기 위해 다시 한 번 노력을 해봐야겠다고 결심했다. 그래서 그는 침대의 한쪽에 앉아서 아내의 한 손을 꼭 쥐었다. 그러나 그가 꼭 하고 싶은 멋있는 말들이 숱하게 많은 데도 단 한마디도 꺼낼 수가 없었다. 그러자 터무니없게도 그의 입에서 이 한 마디의 말이 튀어나왔다.

"부인, 나는 그저 황홀할 따름입니다—그저 황홀할 따름이지요!"

신식 결혼생활

월리엄은 정거장으로 가던 도중, 아이들에게 줄 선물이 하나도 없다는 생각이 떠오르자 마음이 괴로워졌다. 가엾은 녀석들! 애들을 만나는 것은 일상적인 일이었다. 애들이 그에게 뛰어와서 인사를 할 땐 늘 첫 마디가 "아빠, 내 선물은 뭐예요?"라는 질문이었다. 그런데도 그는 아무 것도 사오지 않았던 것이다. 그는 역에서 약간의 사탕과자를 샀어야만 했다.

그러나 그런 일은 토요일마다 네 번이나 계속해서 해오고 있었다. 지난 네 번째 토요일에도 똑같은 낡은 과자상자를 끄집어내는 것을 보고 애들은 실망한 나머지 얼굴이 어두워졌다.

그때 패디는 이렇게 말했다.

"내 것은 저, 전에는 빨간 리본이었어!"

그리고 조니는 이렇게 말했다.

"내 것은 언제나 핑크색이야. 나는 핑크색이 싫어."

이제 어떻게 하면 좋을까? 일이 그렇게 간단하게 해결될 수는 없었다. 하기야 예전이라면 물론 그도 택시를 타고 멋있는 완구점으로 가서 5분 동안이지만 애들에게 줄 멋있는 장난감을 골랐을 것이다. 그런데 요즈음 가게에는 러시아제 장난감, 프랑스제 장난감, 세르비아제 장난감, 어느 나라 것인지도 모를 많은 장난감들이 진열되어 있었다. 이사벨이 감성적인 어린애들에게는 해롭다고 생각되는 낡은 당나귀나 기관차 따위의 장난감을 버린 지는 이미 일 년 이상해오고 있는 일이었다.

"어린애들에게 처음부터 좋은 물건들을 좋아하도록 하는 것은 아주 중요해요. 그렇게 되면 나중에 커서 많은 시간이 절약되니까요. 사실 가엾게도 애들이 난폭스러운 것들을 만지며 유아시절을 보내야 한다면 분명히 그들은 커서 왕립학술원에 들어가려고 할 거예요."

신여성인 이사벨은 그렇게 말했다. 그리고 그녀는 왕립학술원을 방문하는 것이 마치 누구를 죽이기라도 하는 것처럼 못마땅하게 생각했다.

"글쎄, 나는 잘 모르겠는데. 내가 애들 나이만 할 때는 늘 매듭지어진 낡은 수건을 껴안고 자곤 했지."

윌리엄은 천천히 말했다. 신식 여성 이사벨은 그를 쳐다보며 눈을 가늘게 뜨고 말했다.

"여보! 당신은 확실히 그랬을 거예요!"

그녀는 그 특유의 웃음으로 깔깔거렸다.

이런 생각들을 돌이켜보던 윌리엄은 우울한 기분에 잠겨 역시 사탕과자뿐이라고 생각하면서 잔돈을 찾기 위해 주머니 속을 뒤졌다. 그러자 어린애들이 그 상자들을 차례로 넘겨주는 모습이 눈에 선했다. 그 녀석들은 아주 인색하지 않은 놈들이야. 그런데 이사벨의 소중한 친구들은 주저하지 않고 마구 집어먹는 것이었다.

과일은 어떨까? 윌리엄은 바로 정거장 안에 있는 매점 앞을 어슬렁거렸다. 멜론을 하나씩 사다주면 어떨까? 그애들이 이것도 나눠 먹을까? 그럼 패드에게는 파인애플이, 조니에게는 멜론이 어떨까? 이사벨의 친구들이 아이들의 식사시간에 몰래 애들 방에 훔치러 갈 리는 없겠지. 그렇게 생각하면서도 윌리엄은 멜론을 사면서 이사벨의 젊은 시인친구들 중의 한 사람이 어쩐지 애들 방문 뒤에서 멜론조각을 핥아 먹고 있는 불쾌한 생각이 떠올랐다.

그는 두 개의 아주 어설픈 짐꾸러미를 들고 기차가 있는 곳으로 성큼성큼 걸어갔다. 플래폼은 사람들로 붐볐고 기차는 벌써 들어와 있었다. 문들이 쾅 소리를 내며 열렸다 닫혔다 했다. 기관차가 하도 요란하게 "슈웃" 하는 소리를 내자 사람들은 당황해 하는 모습으로 이리저리 서둘러 움직였다. 윌리엄은 곧바로 1등칸 쪽으로 가서 가방과 두 개의 짐꾸러미를 놓고 구석자리에 털썩 앉아 양복 안주머니에서 커다란 서류뭉치를 꺼내 읽기 시작했다.

'더구나 우리 소송의뢰인은 적극적이고…… 우리는 재고해야 하고…… 만일의 경우에…….'

아, 그래도 이것은 나은 편이었다. 윌리엄은 납작해진 머리카락을 뒤로 눌러 넘기고 두 다리를 열차바닥에 쭉 뻗었다. 몸에 배인 가슴을 갉아내는 듯한 쓰라림도 멎었다. '우리의 결정에 관해서는……' 그는 푸른 색 연필을 꺼내 한 구절에 천천히 밑줄을 그었다.
　남자 두 사람이 들어와 그의 앞을 지나 저쪽 구석으로 갔다. 젊은 친구가 그물선반 위에 골프채를 던져놓더니 윌리엄의 맞은 편에 앉았다. 기차가 서서히 흔들리더니 출발했다. 윌리엄은 눈을 들어 햇빛이 내리쪼이는 무더운 정거장이 멀리 미끄러져 물러나는 것을 바라보았다. 얼굴이 상기된 한 소녀가 기차를 따라 달려오고 있었는데 손을 흔들며 외치는 그녀의 모습은 긴장과 거의 절망적인 데가 있었다. '히스테리로군!' 하고 윌리엄은 막연히 생각했다. 이때 플래폼의 끝에서 기름투성이의 시커먼 얼굴을 한 일꾼이 지나가는 기차를 보고 씩 웃었다. 그러자 윌리엄은 '지저분한 생활이군!' 하고 생각하고는 다시 서류로 눈길을 돌렸다.
　그가 다시 눈을 들었을 때는 들판과 울창한 나무그늘 아래에서 쉬고 있는 가축들이 시야에 들어왔다. 발가벗은 아이들이 얕은 물에서 물장구를 치고 있는 넓은 강도 시야에 슬쩍 들어왔다가는 이내 사라졌다. 하늘은 맑게 빛났고 새 한 마리가 높이 날고 있는 것이 보석 속의 검은 반점 같았다.
　'우리는 의뢰인의 서신철을 조사해보았는데······.'
　그가 읽은 마지막 문장이 머리 속에 메아리쳤다.
　'우리는 시험해 보았는데······.'
　윌리엄은 이 문장에 대해서 주의를 기울여보려고 하였지만 소용없는 일이었다. 이 문장은 도중에서 잊혀지고 들판, 하늘, 날고 있는 새, 강—이 모든 것들이 "이사벨" 하고 부르는 것같았다.

똑같은 일이 토요일 오후마다 반복되었다. 그가 이사벨을 만나러 갈 때는 두 사람의 만남은 무한한 상상으로부터 시작되는 것이었다.

그녀는 정거장에서 다른 사람들과 약간 떨어져 무개택시 (오픈 카)의 좌석에 걸터앉아 있기도 하고, 정원의 문 앞에 서 있는가 하면, 바싹 말라빠진 풀 위를 걷고 있기도 하였고, 문 앞에 서 있거나, 혹은 홀의 문 바로 안쪽에 서 있기도 하였다.

그녀와 만나면 그녀는 낭랑하고 밝은 목소리로 이렇게 말하는 것이었다.

"당신이군요."

또는

"여보, 당신이군요!"

또는

"아, 당신이 오셨군요!"

그러면 그는 그녀의 차디 찬 손과 싸늘한 볼을 어루만졌다.

이사벨의 그 신선함이여! 그는 어렸을 때, 소나기가 지나간 후 정원으로 뛰어들어가 머리 위에 덮어씌워진 장미나무를 흔드는 것이 즐거움이었다. 이사벨은 꽃잎처럼 부드럽고 빛나며 신선한 바로 그 장미나무와 같았다. 그리고 자기는 또한 어린 소년이었다. 그러나 지금은 정원 안으로 뛰어들어가거나, 웃으면서 장미나무를 흔드는 것도 할 수 없었다. 집요하고 무지근하게 느껴오는 가슴앓이가 다시 시작되었다. 그는 양 발을 끌어당기고 서류를 옆으로 던져놓은 다음

눈을 감았다.

"뭐야? 여보, 뭐야?"

그는 부드럽게 물었다. 그들 두 사람은 새 집의 침실에 있었다. 이사벨은 검정과 초록색의 작은 상자들로 뒤덮여 있는 화장대 앞 색칠한 의자에 앉아 있었다.

"뭐긴 뭐예요, 여보?"

그녀는 그렇게 말하면서 앞으로 몸을 숙였다. 그러자 그녀의 아름답고 희끄무레한 머리카락이 볼 위로 흘러내렸다.

"아니, 당신 알잖아요!"

그는 낯선 방 한가운데에 있어서 자기가 나그네 같은 기분이 들었다. 이 말을 듣자, 이사벨은 재빨리 의자를 돌려 그와 마주 쳐다보게 되었다.

"오, 여보!"

그녀는 애원하듯이 외치면서 머리빗을 쳐들었다.

"제발, 제발, 그렇게 뽀로통하게 비통한 얼굴을 하지 마세요. 당신은 늘 내가 변했다고 말하거나, 변했다는 듯이 바라보거나 그렇지 않으면 비꼬아 말하거나 하잖아요. 단지 내가 정말 마음에 맞는 사람들을 알게 되고, 또 더 많이 돌아다니고 그리고 어떤 일에도 놀랄 정도로 열중한다고 해서, 당신은 마치─이사벨은 머리카락을 뒤로 넘기면서 웃었다─내가 우리 두 사람의 애정을 말살해버린 것같은 행동을 하시는군요. 그건 정말 터무니없는 짓이에요─그녀는 입술을 깨물었다─ 그리고 정말 미칠 것만 같군요, 여보. 이 새로운 집이나 하녀들조차 당신은 못마땅한 거지요."

"여보!"

"아니, 그래요. 어느 의미에서는 그래요."

이사벨은 재빨리 말했다.

"당신은 이 집이나 하녀들까지도 못마땅하게 생각하시지요. 아, 전 그런 걸 알고 있어요. 또 그렇게 느끼고요."

그녀는 부드럽게 부언해서 말했다.

"당신이 계단을 오를 때마다 늘 그런 느낌이에요. 그렇지만 우리는 비좁고 갑갑한 굴속 같은 집에서 계속 살 수는 없잖아요, 여보. 어쨌든 실속을 좀 차리자면 그 집은 애들 방까지도 넉넉지 못했잖아요."

그래, 그것은 사실이었다. 매일 아침 그가 변호사 사무실에서 돌아오면 어린애들이 이사벨과 함께 낡은 거실에 있었 애들은 소파 등 위로 걸쳐놓은 표범 가죽 위에 올라타거나, 이사벨의 책상을 계산대 삼아 장사놀이를 하고 있었다. 또한 패드는 양탄자 위에서 작은 놋쇠부삽을 들고 필사적으로 노를 저어가는 시늉을 하는가 하면 조니는 부젓가락을 총으로 삼아 해적을 쏘아 죽이는 시늉을 하는 것이었다. 매일 저녁 애들은 각기 등에 업혀서 협소한 계단을 올라 뚱뚱하고 늙은 내니가 있는 곳으로 가는 것이었다.

그렇다. 그도 작고 갑갑한 집이라고 생각했다. 작고 하얀 집으로 창에는 푸른 색 커튼이 걸려 있고 창가에는 페투니아를 심은 화분상자가 놓여 있었다. 윌리엄은 문 앞에서 친구들을 만나면 이렇게 말했다.

"우리 집의 페투니아꽃 보았나? 런던에 있는 것치고는 꽤 훌륭하지?"

그는 이사벨이 자기 만큼 행복하지 않다는 생각을 전혀 해본 적이 없었는데, 그것은 어리석은 일이었다. 아니, 아주 당치도 않은 일이었다. 아, 얼마나 무모한 짓인가! 그는 그녀가 불편하고 비좁은 그 집을 정말 싫어했고, 뚱뚱한 내니가 아이들을 그르치고 있다고 생각했으며, 몹시 외로워서 새로운 친구들, 새로운 음악, 그림 등을 갈망하고 있었다는 것을 그 당시에는 전혀 모르고 있었다. 만일 그들 두 사람이 모이라 모리슨의 아틀리에의 파리에 가지 않았더라면……. 만일 두 사람이 떠나려 할 때 모이라 모리슨이 "이기적인 양반, 내가 당신의 아내를 구출해야겠어요. 부인은 멋진 작은 타이타니다(역주 : 요정의 나라의 여왕 이름) 같아요"라고 말하지 않았더라면…… 만일 이사벨이 모이라와 함께 파리에 가지 않았더라면…… 만일…… 만일…….

기차가 다음 정거장에서 멈췄다. 베링포드이다. 아! 기차는 10분이면 목적지에 도착할 것이다. 윌리엄은 서류를 다시 주머니 안에 쑤셔넣었다. 건너편의 젊은 친구는 오래 전에 사라져버렸다. 이제 나머지 두 사내도 기차에서 내렸다.

늦은 오후의 햇살은 드레스를 입은 여자들과 햇살에 그을린 맨발의 어린애들을 비추고 있었다. 햇살은 돌로 된 둑 위에 아무렇게나 퍼져 있는 부드러운 노란 꽃잎 위에도 작열하고 있었다. 창문으로 솔솔 들어오는 바람에서는 바다의 내음이 풍겨왔다. 이사벨은 이번 주말에도 언제나처럼 같은 사람들과 함께 있을까 하고 윌리엄은 궁금해 했다.

그리고 그는 옛날에 자기들 둘이서 지낸 휴가때의 일을 생각했다. 식구 네 사람, 거기에 어린애들을 돌보아주는 로즈라고 하는 조그마한 농가의 딸을 데리고 갔다. 이사벨은 저지 스웨터를 입고 머리를 길게 땋아내렸는데 마치 열네살 먹은 소녀같이 보였다. 아! 자기의 콧잔등 살갖이 벗겨지곤 했던 꼴이라니! 게다가 두 사람은 다 같이 잘 먹고, 다리를 서로 꼰 채 커다란 그 가죽침대 속에서 푹 잠을 잤던 것이다. 윌리엄은 이사벨이 자신의 이런 감상을 전부 안다면 필시 무서워 할 것이라고 생각하자 고소를 금할 수 없었다.

"아, 여보!"

결국 그녀는 역에 나와 그가 상상했던 대로 다른 사람들로부터 약간 떨어져 서 있었다. 그리고 ―윌리엄의 가슴이 두근거렸는데― 그녀는 혼자 있었다.

"아, 여보!"

윌리엄은 쳐다보았다. 그는 그녀가 너무나 아름답게 보였기 때문에 뭔가 한마디 해야겠다고 생각했다.

"당신 무척 추워 보이는군."

"제가요? 전 별로 춥지 않아요. 자, 가요. 당신이 탄 저 지긋지긋한 낡은 열차가 연착을 했어요. 밖에 택시가 기다리고 있어요."

이사벨이 말했다.

그녀는 그들이 개찰구를 빠져나올 때 그의 팔 위에 가볍게 손을 얹었다.

"우리 모두가 당신을 마중나왔어요. 그러나 보비 케인만은 돌아갈 때 데리고 가려고 과자가게에다 남겨두고 왔어요."

그녀가 말했다.

"아!"

윌리엄이 말했다. 언뜻 그 말밖에는 아무 말도 나오지 않았다.

햇빛이 비치는 양지에서 택시가 기다리고 있었다. 한 쪽에서는 빌 헌트와 데니스 그린이 모자를 얼굴 깊숙이 눌러쓰고 어색하게 팔다리를 쭉 펴고 앉아 있고, 또 다른 쪽에서는 모이라 모리슨이 커다란 딸기처럼 생긴 챙 없는 모자를 쓰고 펄쩍 일어났다 앉았다 하고 있었다.

"얼음이 없어요! 얼음이 없어요! 얼음이 없다니까요!"

그녀는 유쾌한 목소리로 소리쳤다.

그러자 데니스가 모자를 눌러 쓴 채 맞장구를 쳤다.

"오직 생선가게에서만 구할 수 있대."

이번에는 빌 헌트가 불쑥 튀어나오면서 말했다.

"온통 생선을 채워두었던 것이지."

"아, 지긋지긋해!"

이사벨이 우는 소리로 쨍알거렸다. 그리고 그녀는 자기가 그를 기다리는 동안 그들이 얼음을 찾아 온 시내를 쏘다녔다고 윌리엄에게 말해주었다.

"버터를 비롯해서 모든 것이 녹아 흘러내리는 꼴이 마치 가파른 절벽에서 떨어져 내리는 것같아요."

"지금 우리는 버터 세례를 받아야 할까봐요. 그대의 머리에 기름이 없어지지 않기를 바라요."

데니스가 말했다.

"자, 이제 차에 타는 게 어때? 나는 운전석 옆에 타는 게 좋겠군."

월리엄이 말했다.

"아니에요, 보비 케인이 운전석 옆에 타야 해요. 당신은 나와 모이라 사이에 앉으세요."

이사벨이 말했다. 택시가 출발했다.

"그 이상한 짐꾸러미 안에는 뭐가 있어요?"

"목이 잘린 머리통들!"

빌 헌트가 모자 속에서 몸서리치며 말했다.

"아! 과일이군요! 현명하시네요! 멜론과 파인애플이지요. 정말 멋있어요!"

이사벨이 아주 기쁜 듯이 말했다.

"아니, 잠깐 기다려봐요. 나는 애들 주려고 가져온 거요."

월리엄은 웃으면서 말했다. 그러나 사실 그는 걱정스러웠다.

"어머나!"

이사벨은 웃으면서 그의 팔에 슬쩍 팔짱을 끼었다.

"만일 애들이 이걸 먹는다면 복통이 나서 데굴데굴 구를 거예요. 안돼요."

그녀는 손을 가볍게 두드렸다.

"애들에게는 이 다음번에 무엇인가 사다주세요. 전 이 파인애플을 내놓고 싶지 않아요."

"지독하군, 이사벨! 냄새라도 맡아보자구!"

모이라가 말했다. 그녀는 애원하듯이 윌리엄 앞에 팔을 내밀었다.

"오!"

딸기처럼 생긴 챙 없는 모자가 앞으로 떨어졌다. 그러자 그녀는 아주 가냘픈 소리를 냈다.

"파인애플에 미친 부인 같군요."

데니스가 말했다. 그때 택시가 줄무늬 차양이 쳐져 있는 작은 가게 앞에서 멈추었다. 보비 케인이 양 팔로 조그마한 꾸러미들을 가득 안고 가게에서 나왔다.

"이것들이 맛있으면 좋겠는데, 빛깔이 좋아 골랐거든, 정말 근사해 보이는 동그란 것들도 있어. 그리고 이 캔디를 좀 봐. 이걸 좀 보라니까! 이거야말로 완전무결한 아름다운 색이야!"

그는 무아경에 빠진 듯이 외쳤다.

그러나 바로 이 순간에 점원이 나타났다.

"아, 잊었군. 하나도 값을 치르지 않았어요."

보비는 놀란 듯한 표정을 짓고 말했다. 이사벨이 점원에게 지폐를 한 장 주었다. 그러자 보비는 다시 밝은 얼굴이 되었다.

"아, 윌리엄! 나는 운전석 옆에 타겠네."

모자를 쓰지도 않고 온통 흰 색의 옷으로 소매를 어깨까지 걷어붙인 채 그는 차에 올라탔다.

"자, 가세!"

그가 이탈리아어로 소리쳤다.

차를 마신 후에 다른 사람들은 수영하러 가고 윌리엄은 집에 남아서 애들과 화해를 했다. 그러나 그 동안 조니와 패디는 잠이 들었고 장밋빛의 저녁놀도 어둠침침해져서 박쥐들이 날아다니고 있었다. 그런 데도 해수욕하러 간 사람들은 아직까지 돌아오지 않았다.

윌리엄이 어슬렁어슬렁 아래층으로 내려오고 있을 때 하녀가 등불을 들고 현관을 지나갔다. 그는 그녀를 따라 거실로 들어갔다. 거실은 노란 색이 칠해진 기다란 방이었다. 윌리엄의 정면벽에는 누군가가 그린, 실물보다 큰 젊은 남자의 상像이 있었다. 무척 흔들거리는 걸음걸이를 하고서 젊은 부인에게 활짝 핀 실국화를 바치고 있었다. 한쪽 팔은 무척 짧고 다른 팔은 유별나게 길고 가는 여자였다. 의자와 소파에는 달걀을 깨뜨린 것같이 커다란 얼룩이 져 있는 검은 천조각이 걸려 있고 어디를 보나 담배꽁초가 가득 찬 재털이가 놓여 있는 것만 같았다.

윌리엄은 안락의자에 주저앉았다. 요즘 세상은 한 손으로 의자 옆 아래쪽을 더듬어 찾아보아도 세 발 달린 산양이라든가, 한쪽 뿔이 없는 소라든가, 노아의 방주에서 나오는 무척 살찐 비둘기가 나올 리는 없다. 그러나 그 대신 때묻어 보이는 시詩를 수집한 조그마한 종이표지의 시집 한 권쯤은 나올 수도 있다. 그는 주머니 속에 있는 서류뭉치가 생각났다. 그러나 너무 시장하고 피곤해서 읽을 기분이 나지 않았다.

문이 열려 있었다. 부엌 쪽에서 이야기 소리가 들려왔다. 하녀들이 마치 집안에 자기들만 있는 것처럼 떠들어대고 있었다. 갑자기 커다란 웃음소리가 들려오고 게다가 똑같이 큰 소리로 "쉬잇!"하는 소리가 들려오는 것이었다. 하녀들은 그가 집에 있다는 것을 알아차린 것이다. 윌리엄은 일어나서 두 짝으로 된 유리문을 지나 정원으로 나갔다. 그리고 그가 나무그늘 아래 서 있자 수영하러 간 사람들이 모랫길을 걸어 올라오는 소리가 들렸다. 그들의 목소리가 정적을 깨고 메아리쳐왔다.

"나는 술책과 계교를 꾸미는 일은 모이라한테 맡겨야 한다고 생각해."

모이라로부터 비통한 신음소리가 새어나왔다.

"주말에 '산처녀' 판을 틀려면 축음기가 있어야 하는데."

"오, 안돼! 안돼! 그건 윌리엄에게는 좋지 않아. 모두 그이에게는 친절하게 해주어요! 그분은 내일 저녁까지만 계실 테니까요."

이사벨은 큰 소리로 외쳤다.

"그 분의 일은 나한테 맡겨, 난 사람들에게 서비스하는 일이라면 자신있으니까."

보비 케인이 소리쳤다.

대문이 쾅 하고 열렸다가는 닫혔다. 윌리엄은 테라스로 걸어갔다. 그들은 이미 그를 보고 있었다.

"어, 윌리엄!"

보비 케인은 손에 든 수건을 펄럭이며 바싹 마른 잔디밭 위에서 발끝으로 빙글빙글 돌기 시작했다.

"윌리엄도 갔더라면 좋았을 텐데. 바닷물이 아주 좋았어. 그리고 모두 해수욕 후에 작은 술집에 가서 슬로 진을 마셨지."

나머지 사람들도 집에 돌아왔다.

"저어, 이사벨! 오늘 밤 내가 니진스키 드레스를 입어도 괜찮을까요?"

보비가 물었다.

"안돼요. 아무도 옷 갈아입으려고 하질 않잖아요. 모두 배고파 하니까요. 그리고 윌리엄도 시장하실 거구요. 자, 이리 와요, 정어리부터 먹어보자구요."

이사벨이 말했다.

"정어리는 찾아놓았어요."

모이라가 홀로 뛰어가서 상자 하나를 공중 높이 쳐들었다.

"정어리 상자를 든 부인이라……."

데니스가 엄숙하게 말했다.

"그런데 윌리엄, 런던은 어떻습니까?"

빌 헌트가 위스키 병의 코르크 마개를 따면서 말했다.

"아, 런던은 별로 변하지 않았던데요."

윌리엄이 대답했다.

"그리운 런던."

보비가 정어리 고기를 한점 집으면서 아주 기세좋게 말했다.

그러나 잠시 후에 윌리엄의 존재 따위는 사람들에게서 잊혀졌다. 모이라 모리슨은 물 속에서의 사람다리는 진짜 무슨 색일까 하고 궁금해 했다.
"내 다리는 아주 파래서 푸른 버섯 빛깔일 거야."
빌과 데니스는 엄청나게 먹어댔다. 그리고 이사벨은 술잔에 술을 채우고 빈 접시를 바꿔놓고, 성냥을 찾아주기도 하면서 행복한 듯이 미소를 지었다.
"빌, 당신이 그림을 그렸으면 해요."
갑자기 그녀가 말했다.
"무슨 그림을요?"
빌은 입 안에 빵을 가득 채우면서 큰 소리로 말했다.
"우리들 말이에요. 식탁 주위에 있는 우리들요. 20년 후에는 아주 멋진 그림이 될 거예요."
빌은 눈살을 찌푸리며 빵을 씹었다.
"광선이 나빠요. 너무 색이 노랗다구요."
그는 귀에 거슬리는 소리로 말하고 나서 계속 먹었다. 그런데 이것이 또 이사벨의 마음을 끈 것같았다. 저녁식사 후에 그들 모두는 너무 피곤하여 잠 잘 시간이 될 때까지 하품만 하고 있었다.
다음날 오후 윌리엄이 택시를 기다리고 있을 때 비로소 그들 부부는 단 둘이 있게 되었다. 그가 가방을 이층에서 현관으로 내려다놓았을 때 이사벨은 다른 사람들 곁을 떠나 그에게로 왔다. 그녀는 허리를 구부려서 가방을 집어들었다.
"무척 무겁군요! 제가 옮길게요. 문 있는 데까지요."
그녀는 약간 어설픈 웃음을 지어 보이며 말했다.

"괜찮아. 왜 당신이 들어? 안돼, 이리 줘요."
월리엄이 말했다.
"아, 제발 제가 들게 그냥 두세요. 정말 제가 들고 싶어서 그래요."
이사벨이 말했다. 그들은 아무 말도 하지 않고 함께 걸었다. 월리엄은 할 말이 없다고 생각했다.
"그런데……."
이사벨은 의기양양하게 말하면서 가방을 내려놓고 모랫길을 걱정스레 바라보았다.
"이번에는 당신과 함께 지낸 것같지도 않아요."
그녀는 숨을 헐떡이며 말을 이었다.
"너무 짧았지 않아요? 저는 마치 당신이 방금 왔던 것같아요. 다음 번에는……."
택시가 오는 것이 보였다.
"런던에서는 몸조리 잘하셔야 할 텐데요. 애들이 온 종일 집에 없어서 죄송해요. 하지만 내니가 그렇게 길을 들여놨는 걸요. 애들이 당신을 전송 못한 걸 섭섭해 할 거예요. 여보, 당신이 런던으로 돌아가야 하다니……."
택시가 방향을 돌려 세웠다.
"안녕!"
그녀는 좀 서두르듯 키스를 했다.
들판, 나무들, 울타리들이 차창가를 스쳐 지나갔다. 월리엄이 탄 차는 흔들거리면서 마을을 지나 정거장을 향해 가파른 언덕을 칙칙 소리를 내며 올라갔다. 기차는 이미 들어와 있었다. 윌리엄은 곧장 1등칸으로 가서 구석자리에 털썩 주저앉았다. 그러나 이번에는 서류를 꺼내지 않았다. 그는 끊임없이 엄습해오는 가슴을 갉아내는 듯한 고통을 참으려고 팔짱을 끼었다. 그리고 마음 속으로 이사벨에게 보내는 한 통의 편지를 쓰기 시작했다.

우편은 언제나처럼 늦었다. 모든 사람들이 집 밖에 있는 울긋불긋한 파라솔 아래의 긴 의자에 앉아 있었다. 단지 보비 케인만이 이사벨의 발치에 있는 잔디 위에 누워 있었다. 날씨는 따분하고 숨이 막힐 지경이었다. 마치 깃발처럼 축 늘어져 있었다.

"천국에도 월요일 같은 지겨운 날이 있을까요?"

보비가 어린애처럼 물었다.

그러자 데니스가 중얼거리듯 말했다.

"천국은 언제나 월요일의 연속일 걸요."

그러나 이사벨은 지난 밤 저녁식사 때 먹었던 연어가 어떻게 되었을까 하고 생각하지 않을 수 없었다. 그녀는 점심에 피쉬 마요네즈를 먹을 작정이었다. 그런데······.

모이라는 자고 있었다. 잠자는 것이 그녀가 최근에 발견해낸 한 가지 일이었다.

"잠은 정말 멋있는 거야. 그저 두 눈만 감으면 되지. 잠은 정말 달콤한 거라구."

얼굴이 붉은 늙은 우편배달부가 세 발 자전거를 타고 모랫길을 달려오고 있을 때 그 핸들을 잡은 모양이 마치 배의

노를 젓는 듯한 모습이었다.

빌 헌트는 책을 내려놓았다.

"편지다."

그가 흐뭇해 하며 말했다. 그들 모두가 배달부를 기다리던 참이었다. 그러나, 몰인정한 배달부 같으니. 아, 빌어먹을 놈의 세상 같으니라구! 이사벨한테서 온 두툼한 편지 한 통뿐 신문 한 장도 오지 않았던 것이다.

"내 것도 겨우 월리엄한테서 온 것 한 통뿐이에요."

이사벨이 슬픈 목소리로 말했다.

"월리엄한테서…… 벌써?"

"그는 점잖게 기억하도록 결혼증명서를 돌려보냈을 거요."

"결혼증명서라는 것을 누구나 갖고 있나? 나는 하인들만 갖고 있는 줄 알았는데."

"몇 장이고, 몇 장이고! 그녀를 봐요! 편지를 읽고 있는 부인이라……."

데니스가 말했다.

'내 사랑, 나의 소중한 이사벨' 어느 장에나 이런 말이 있었다. 이사벨은 편지를 읽어나갈 때 놀라운 마음이 차츰 숨이 막힐 것같은 답답한 마음으로 바뀌었다. 도대체 월리엄이 왜 이런 생각을 하게 되었을까? 정말 이상한 일이야. 무엇 때문에 이런 편지를 쓰게 되었을까? 그녀는 어지럽고 점점 흥분되어 두렵게까지 되었다. 과연 월리엄다워. 정말 그럴까? 이것은 정말 어리석은 짓이야. 그럼, 어리석고 유치한 짓이고 말고.

"호호호! 아, 여보!"

어떻게 하면 좋단 말인가? 이사벨은 의자에 털썩 주저앉아서 웃고 또 웃었다.

"제발 말 좀 해봐요. 글쎄 말을 해야 한다니까요."

다른 사람들이 다그쳤다.

"나도 말을 하고 싶어요."

이사벨은 웃음을 참지 못해 계속 낄낄거리며 겨우 말했다. 가까스로 웃음을 진정시킨 그녀는 똑바로 앉아서 편지를 뭉뚱거려 그들에게 흔들어 보였다.

"이리 모여요. 자, 들어봐요. 아주 근사해요. 연애편지라니!"

그녀는 말했다.

"연애편지라구! 얼마나 멋져!"

"내 사랑, 나의 소중한 이사벨."

그러나 그들의 웃음소리 때문에 계속 읽을 수가 없었다.

"계속해요, 이사벨. 아주 멋져요."

"이거야말로 정말 멋진 발견이군요."

"아, 어서 계속해요, 이사벨!"

'사랑하는 아내여, 하느님에게 맹세컨대 나는 당신의 행복을 방해하는 일은 하지 않겠소.'

"오! 오! 오!"

"쉬! 쉬! 쉬!"

이사벨은 계속 읽어갔다. 그녀가 끝까지 다 읽자 그들 모두는 히스테리를 일으켰다. 보비는 잔디 위를 데굴데굴 구르며 거의 흐느끼다시피 웃었다.
"제발, 내가 이번에 쓰는 책에다 몽땅 그대로 실리게 해줘요. 이 편지를 완전히 한 장에다 싣겠소."
데니스가 단호하게 말했다.
"오, 이사벨! 당신을 그 분이 품에 안는 장면이 아주 멋져요!"
모이라가 하소연하는 듯한 소리로 말했다.
"나는 이러한 편지들이 이혼할 때에만 조작되는 걸로 생각했어요. 그러나 그런 편지들도 이 편지 앞에서는 전연 맥을 못추겠어요."
"잠깐 이리 좀 줘봐요. 내가 직접 읽어봐야겠어요."
보비 케인이 말했다.
그러나 그들이 놀란 것은 이사벨이 그 편지를 손으로 꼬깃꼬깃 구겨버렸다는 사실이었다. 그녀는 더 이상 웃고 있지 않았다. 그녀는 주위의 사람들을 재빨리 훑어보았다. 그녀는 탈진한 것처럼 보였다.
"안돼, 지금은 안돼요. 지금은 안된다구요."
그녀는 더듬거리며 말했다.
그들이 놀랐다가 제 정신이 채 들기도 전에 그녀는 집안으로 뛰어들어가 빠르게 계단을 올라 이층의 자기 침실로 들어가버렸다. 그녀는 침대의 한 쪽에 걸터앉았다.
"얼마나 상스럽고, 밉살스럽고, 지긋지긋하고 저속한 인간들인가!"

이사벨은 혼자서 투덜거렸다. 그녀는 손가락 마디로 자기의 눈을 누르고 몸을 이리저리 흔들었다. 그러자 다시 그들의 모습이 그녀의 눈에 비쳤다. 그런데 그들은 네 명이 아니라 사십 명 가량이나 되어 보였고, 그녀가 윌리엄의 편지를 그들에게 읽어주는 동안 큰 소리로 기도하고, 코웃음치기도 하고, 비웃기도 하고, 손을 내밀기도 하는 것이었다. 오, 그런 역겨운 짓을 내가 하다니. 어찌 하여 내가 그런 짓을 했단 말인가!

'사랑하는 아내여, 하느님에게 맹세컨대 나는 당신의 행복을 방해하는 일은 하지 않겠소.'

"여보!"

이사벨은 얼굴을 베개에 파묻었다. 그러나 그녀는 이 엄숙한 침실까지도 자기의 본성을 꿰뚫어보고 있는 것같은 기분이 들었다. 천박하고 요란스럽고 허영심이 강한 자신을 알고 있는 것같았다.

이내 아래쪽 정원에서 부르는 소리가 들려왔다.

"이사벨, 우린 다 수영하러 갈 거요. 어서 와요!"

"와요. 그대 윌리엄의 아내여!"

"가기 전에 한 번만 더 그 이름을 불러보자구. 지금 한 번만 더 불러보자구!"

이사벨은 가만히 앉아 있었다. 자, 이제다. 지금이야말로 마음을 결정하지 않으면 안된다. 그들 모두와 함께 갈 것인가, 아니면 여기 남아서 윌리엄에게 편지를 쓸 것인가? 어느 쪽으로, 글쎄, 어느 쪽으로 하는 것이 좋을까?

"나는 마음의 결정을 내려야 한다."

아, 새삼스럽게 생각해야 할 여지가 어디에 있단 말인가? 물론 여기에 남아서 편지를 써야지.

"티타니아!"

모이라가 째지는 듯한 소리를 냈다.

"이사벨?"

할 수 없다. 아무래도 집에 남아 있는다는 것은 불가능했다.

'가야지…… 저들과 같이 가야겠다. 그리고 남편에게 편지 쓰는 것은 나중에 하지 뭐. 언젠가 딴 때 쓰면 되지. 지금은 안되고. 그렇지만 쓰긴 꼭 써야지.'

이사벨은 재빨리 이렇게 생각했다.

그리고 그녀는 그 특유의 신식으로 커다랗게 웃음을 터트리면서 층계를 뛰어내려갔다.

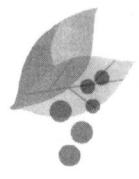

신혼여행

조지 씨 부부가 레이스 상점을 나오자, 마부와 자칭 마이 카라고 부르는 마차가 플라타너스 나무 밑에서 두 사람을 기다리고 있었다.

얼마나 다행스러운가! 화니는 남편의 한 쪽 팔을 지긋이 눌렀다. 이런 즐거운 일들이 외국에 온 이후로 계속해서 생기고 있는 것처럼 생각되었다. 남편도 그렇게 생각하고 있을까? 그러나 조지는 도로 가장자리에 서서 지팡이를 쳐들고는 큰 소리로 "여봐!" 하고 외쳤다. 화니는 조지가, 마차를 부르는 이런 태도가 좀 불쾌하게 여겨지는 때가 가끔 있었다. 그러나 마부들은 아무렇지도 않게 생각하는 것같아서 오히려 그것이 다행스럽기까지 했다. 비대하게 살이 찐 마음씨 좋아 보이는 마부가 신문 보던 것을 접어놓고 말에 걸쳐놓은 면덮개를 홱 잡아채면서 남편의 명령에 따라 떠날 채비를 했다.

조지는 화니가 마차를 타는 것을 거들어주면서 말했다.

"여보, 왕새우가 살아 있는 곳으로 가서 차를 마실까? 당신 어떻소?"

"네, 좋아요."

화니는 열을 올려서 말했다. 그리고 상체를 뒤로 젖히고는, 왜 남편이 말을 꺼내면 그 말투가 그렇게도 기분좋게 들리는가 하고 생각해보았다.

"그럼, 됐어."

그는 그녀 옆에 앉았다.

"자, 가자."

그는 기분좋게 외쳤다. 그리고 그들은 떠났다.

마차는 경쾌하게 질주했다. 녹색과 황금색의 그림자가 드리워진 플라타너스 나무 아래를 지나, 레몬과 갓 끓인 커피 냄새가 풍겨오는 작은 길로 접어들었다. 물동이를 들어올린 아낙네들이 잡담을 멈추고 그들의 마차 뒤를 쳐다보고 있는 우물터를 지났다. 그리고 핑크색과 흰 색의 무늬로 얼룩덜룩한 차양을 치고, 녹색의 테이블을 테라스에 내놓고 푸른 탄산수병이 놓여 있는 카페의 모퉁이를 돌아나와 바닷가로 갔다.

따뜻한 산들바람이 끝없는 바다 너머에서 불어오고 있었다. 바람은 조지의 피부에 와닿았고, 두 사람이 눈부신 바닷물을 바라보는 사이에 바람이 화니의 주위를 맴돌고 있는 것같았다.

"기분이 좋지?"라고 조지가 말했다.

그러자 화니는 멍하니 넋을 잃은 양 그들이 외국에 온 이래 하루에 적어도 스무 번은 말한 바 있는 똑같은 말을 반복했다.

"이렇게 모든 사람을 피해서 우리 둘만이 있게 되고, 어느 누구도 우리에게 집으로 돌아가라고 말하는 사람도 없는 곳, 우리 둘 이외에는 누구도 우리에게 어떤 심부름도 시킬 사람도 없다는 걸 생각하면 정말 멋지지 않아요?"

조지는 벌써부터 "멋진데!"라고 응수하는 것을 포기하고 있었다. 말 대신 그는 대체로 그녀에게 키스만 해주었다.

그러자 이번에는 그가 그녀의 한 쪽 손을 집더니 자기 주머니 속에 넣고 손가락들을 지긋이 누르면서 말했다.

"내가 어렸을 때는 흰 생쥐 한 마리를 주머니 속에 넣고 다녔지."

"그래요? 흰 생쥐를 무척 좋아했나요?"

화니는 물었다. 그녀는 조지가 여태까지 한 일은 무엇이나 굉장히 흥미를 가지고 있었기 때문이다.

"좋아했지."

조지는 모호하게 대답했다. 그는 바다로 들어가는 계단의 저쪽 먼 곳에서 무엇인가가 머리통을 들쑥날쑥하면서 움직이고 있는 것을 바라보고 있었다. 갑자기 그는 의자에서 벌떡 일어나면서 외쳤다.

"여보! 저쪽에서 한 녀석이 수영하고 있소. 보이지? 벌써 수영을 시작했으리라고는 미처 생각도 못했는데. 요즈음은 통 수영을 하지 못했어."

조지는 한눈을 팔 수 없는 양 햇볕에 붉어진 얼굴과 팔을 쳐다보고는 중얼거렸다.

"좌우간 더 이상 참을 수 없어. 내일 아침에는 무슨 일이 있어도 바닷물에 들어가고 보는 거야."

화니는 가슴이 철렁했다. 그녀는 근년 들어 오랫동안 지중해의 무서운 위험성을 들어왔던 것이다. 지중해는 완전히 죽음의 함정이었다. 아름답기는 하지만 믿을 수 없는 바다였다. 그들의 눈 앞에서 물결이 넘실거렸다. 희고 명주같은 보드라운 물결이 바윗돌을 할퀴었다가는 다시 밀려가버린다. ……그러나 그녀는 결혼하기 훨씬 전에, 결코 남편의 즐거움을 방해하는 그런 여자가 되지 않으리라고 작정하고 있었다. 그래서 그녀는 짐짓 쾌활하게 이렇게 말했다.

"바닷물의 상태에 익숙해야 되겠지요?"

"아, 사람들은 위험하다고 야단들이지만, 난 그런 거 상관하지 않아."

조지가 말했다.

그런데 이제야 마차는 육지쪽의 높은 벼랑을 통과하고 있었다. 거기에는 온통 헬리오트로프꽃이 만발하여 꽃향기를 바람에 실어 날랐다. 화니는 작은 코를 치켜들고 낮은 소리로 말했다.

"아, 여보. 이 향기! 아주 좋은데요……."

"멋진 별장이야. 저것 좀 봐. 종려나무 사이로 보이지."

조지가 말했다.

"좀 크지 않아요?"

화니는 말했다. 그녀는 이런 별장도 자기와 남편 두 사람이 거주할 만한 집이 아니라면 눈에 들어오지 않았다.

"글쎄, 저런 집에서 산다면 많은 사람들이 필요할 거야."

조지는 대답했다. 그리고 말했다.

"그렇지 않으면 무척 따분하겠지. 정말, 저건 멋있는데. 누구 것일까?"

그리고 그는 마부의 등을 쿡 찔렀다.

누구의 집인지 알지 못하는 마부는 느긋하게 싱글벙글 하면서, 그것은 돈깨나 있는 어느 스페인 가정의 소유라고 으레 판에 박은 대답을 하는 것이었다.

"이 해안에는 스페인 사람들이 많지."

조지가 설명하고는 다시 몸을 뒤로 젖혔다. 한동안 두 사람은 침묵을 지켰다. 이윽고 마차가 길 모퉁이를 돌아서자 크고 상아같이 흰 호텔 겸 음식점이 눈에 띄었다. 그 건물 정면에는 조그마한 테라스가 바다를 향해 세워져 있었고 우산형의 종려나무가 심어져 있으며 테이블이 여기저기 놓여 있었다. 두 사람이 가까이 가자, 테라스와 호텔에서 웨이터들이 쏜살같이 뛰어나왔다. 화니와 조지가 다른 곳으로 가지 못하게 하기 위해 서로 맞이하는 것이었다.

"밖에 앉으시겠습니까?"

아, 물론 밖에 앉을 것이다. 프록 코트를 입어서 마치 물고기같이 멋지게 보이는 말쑥한 지배인이 천천히 다가왔다.

"이쪽으로 오시지요, 이쪽으로요. 무척 마음에 드시는 아담한 테이블이 있습니다. 정말, 두 분께 어울리는 작은 테이블이 저쪽 구석에 있습니다. 이쪽으로 오시지요."

그는 조급하게 말했다.

하지만 조지는 별로 내키지 않았다. 화니가 오랜 세월 동안 타인들 사이에 끼어 살아온 것같이 짐짓 어색한 동작을 하면서 지배인을 따라나섰다.

"여깁니다. 여기가 마음에 드실 겁니다."

지배인은 친절하게 말하고 나서 테이블 위의 꽃병을 들었다가는 다시 제 자리에 놓았다. 마치 하늘에서 가져온 싱싱한 꽃다발인 양 천천히 내려놓는 것이었다. 그러나 조지는 바로 그 자리에 앉으려고 하지 않았다. 그는 이런 사람들의 속셈을 꿰뚫어보고 있었다. 그래서 그는 그런 수단에 말려들지 않으려 했다. 그들은 항상 손님에게 터무니없이 바가지를 씌우려고 했기 때문이다. 그래서 그는 주머니에 손을 넣고 화니에게 아주 차분하게 말했다.

"여기가 좋아? 더 좋은 곳은 없어? 저 건너는 어때?"

그는 바로 건너편의 테이블을 턱으로 가리켰다. '세상 물정에는 훤하시다니까, 대단한 분이야!' 화니는 남편을 마음 속 깊이 존경했다. 그러나 그녀는 다른 사람처럼 태연하게 앉아 있고 싶었다.

"저, 전 여기가 좋아요."

그녀는 말했다.

"좋아."

조지는 쉽사리 동의하면서 화니 앞에 바짝 다가앉았다. 그러고는 또 재빨리 말했다.

"두 사람 분의 차하고 초콜릿 에클레어를 갖다주시오."

"갖다드리겠습니다."

지배인이 그렇게 대답하고 나서 마치 물 속으로 또 한 번

잠수하려는 것처럼 입을 열었다 닫았다 우물우물하더니 말했다.
"우선 토스트를 드시지 않겠습니까? 토스트가 무척 맛있는데요."
"됐어요. 여보, 당신도 그렇지?"
조지는 퉁명스럽게 말했다.
"그래요, 여보."
화니는 말했다. 그리고 지배인이 어서 가기를 바랐다.
"괜찮으시다면 부인께서는 차가 나올 동안 탱크 안의 살아 있는 왕새우를 구경하시지요?"
그는 상을 찌푸리고 능글맞게 웃으면서 냅킨을 지느러미처럼 가볍게 흔들었다.
조지의 표정이 굳어졌다. 그는 다시, 그러고 싶지 않다고 말했다. 화니는 테이블 쪽으로 몸을 굽히면서 장갑을 벗었다. 그녀가 얼굴을 쳐들었을 때 지배인은 가버리고 없었다. 조지는 모자를 벗어 의자 위로 던지고 흩어진 머리카락을 뒤로 젖혔다. 그리고 그는 말했다.
"저 친구가 드디어 가버렸군, 외국놈들은 지겹게 굴어서 죽겠소. 그들을 멀리하는 방법이란 내 모습을 본 것처럼 그저 입을 다무는 것뿐이오. 맙소사!"
조지는 길게 한숨을 쉬었다. 그것은 마음 속 깊은 곳으로부터 흘러나오는 탄식이었다. 만일 그 행동을 우스꽝스럽게 하지 않았더라면, 화니는 남편이 지배인에 대해 자기 만큼이나 두려워 하고 있다고 생각했을 것이다. 그러나 그때 그녀는 갑자기 조지에 대해 강한 애정을 느꼈다. 그의 양 손은 테이블 위에 놓여 있었다. 그녀가 너무나도 잘 알고 있는 갈색의 커다란 손이었다. 그녀는 손을 꼭 잡아주고 싶었다. 그러나 놀랍게도 오히려 조지쪽에서 그렇게 해주는 것이었다. 그는 테이블 너머로 상체를 쑥 내밀고, 자기의 손을 그녀의 손 위에 포개어놓으면서 그녀쪽은 보지도 않고 말했다.

"여보, 당신을 사랑하오!"

"오, 여보!"

멍하니 넋을 잃고 화니가 이렇게 말하는 순간 팅, 팅, 하고 가볍게 악기를 켜는 소리가 들려왔다. 음악이 시작되나 보다 하고 화니는 생각했다. 그렇지만 지금은 음악같은 게 귀에 들어오지 않았다. 오직 사랑만이 중요할 뿐이었다. 그녀는 살짝 미소를 띠면서, 덩달아 살짝 미소짓고 있는 조지의 얼굴을 빤히 쳐다보았다. 그녀는 너무 행복해서 조지를 향해 이렇게 말하고 싶은 기분이었다.

'여기에 앉아 있어요. 지금 여기에요. 이 작은 테이블에요. 여기가 멋져요. 그리고 바다도 멋있고요. 여기에 앉아 있어요.'

그러나 그녀는 정색을 하고 이렇게 말했다.

"여보, 저는 당신에게 아주 중대한 걸 물어보고 싶어요. 대답해주시겠다고 약속해요. 약속해주시는 거죠?"

"약속하지."

조지가 말했다. 그의 어조는 너무 점잔을 빼는 소리였기 때문에 그녀 만큼이나 진지한 소리로 들렸다.

"저, 말이에요."

화니는 잠시 말을 중단하고 눈길을 떨구다가는 다시 얼굴을 쳐들었다.

"당신, 당신이 저를 지금 진정으로 알고 있다고 생각하세요? 정말, 정말로 저를 이해하고 계시는 거예요?"

그녀는 부드럽게 말했다.

그것은 조지에게는 힘에 겨운 말이었다. 자기의 부인을 진정으로 알고 있느냐고? 그는 어린애처럼 거리낌없이 싱긋 웃었다.

"그렇다고 생각해. 그렇지만, 왜 갑자기 그런 말을 물어보는 거요? 도대체 무슨 일이 있는 거요?"

그는 힘주어 말했다.

화니는 자기가 한 말을 그가 충분히 알아듣지 못했다고 생각했다. 그녀는 재빨리 계속해서 말했다.

"제 말뜻은 대부분의 사람들은 서로가 사랑하고 있을 때라도 어쩐지—저어, 어떻게 말하면 좋을지 모르겠지만— 서로를 완전하게 알지 못하는 것같아요. 모두가 알려고 생각도 하지 않는 것같아요. 그건 정말 무서운 일이에요. 그들은 가장 중요한 문제에 대해서조차 서로를 오해하고 있어요."

화니는 겁을 먹은 듯한 표정을 했다.

"여보, 우리들에겐 그런 일이 있을 수 없지요? 그렇지요? 네? 절대로 있을 수 없어요."

"그렇소, 그런 일은 있을 수 없소."

조지는 소리를 내서 웃었다. 그리고 그가 그녀의 작은 코가 무척 마음에 든다고 막 말을 하려는 순간, 웨이터가 차를 날라왔고 악단이 연주를 시작했다. 플루트와 기타와 바이올린 소리가 어우러진 연주는 너무나 경쾌했다. 화니는 만일 자기가 주의를 기울이지 않는다면 찻잔이나 받침접시에 작은 날개가 생겨서 날아가버릴 것같은 환상에 빠졌다. 그 동안에 조지는 초콜릿 에클레어 세 개를, 화니는 두 개를 먹어 치웠다. 이상한 맛이 나는 차가—조지는 음악소리보다 더 큰 소리로 "주전자 속의 왕새우"라고 외쳤는데— 그런 대로 역시 맛이 있었다. 그리고 그 에클레어의 접시를 한쪽으로 치우고 조지가 담배를 피우기 시작했을 때는 화니도 다른 손님들을 쳐다볼 수 있을 만큼 대담해졌다.

그러나 무엇보다도 화니의 마음을 사로잡은 것은, 어두운 숲 속의 커다란 나무 아래 모여 있는 악단이었다. 기타를 치고 있는 살찐 남자는 그림 같았고, 플루트를 불고 있는 살결이 검은 남자는 계속해서 눈썹을 치켜올리고 있었는데, 마치 플루트에서 흘러나오는 소리에 놀란 듯한 표정이었다. 바이올린 연주자의 모습은 가려져 보이지 않았다.

음악은 시작되자 마자 갑자기 중단되었다. 키 큰 백발노인이 악사들 옆에 서 있는 것을 그녀가 본 것은 바로 그때였다. 이상하게도 그녀는 그를 이제껏 보지 못했던 것이다. 그의 칼라는 무척 높고 윤택이 났으며, 솔기가 녹색인 윗옷을 걸치고, 창피할 정도로 남루한 부츠를 신고 있었다. 저 사람도 지배인일까? 그가 지배인 같지는 않았지만 어쨌든 주위의 사람들과는 좀 색다르게 보였다. 그는 그들에게 관심이 없는 듯, 테이블들이 놓여 있는 이쪽저쪽을 번갈아 응시하면서 그 자리에 서 있었다. 저 사람은 누구일까?

화니가 그 남자를 지켜보고 있는 동안 그는 손가락으로 칼라끝을 만지작거리며 가볍게 기침을 하고 나서는 악단쪽으로 몸을 반쯤 돌렸다. 악단은 다시 연주하기 시작했다. 이때 시끄러운 난장판 모양으로 무엇인가가 열화와 같이 공중으로, 그리고 고요히 서 있는 그 사람에게로 던져지는 것이었다. 그러자 그는 두 손을 모아 쥐고 여전히 담담한 표정으로 노래를 부르기 시작했다.

"이런!"

조지가 말했다. 모든 사람이 똑같이 놀란 것같았다. 심지어는 아이스크림을 먹고 있던 꼬마아이들까지도 허공에 스푼을 들어올린 채 눈을 동그랗게 뜨고 있었다. 작고 맑은 목소리는 스페인어 가사의 노래를 부르고 있었다. 목소리의 유령 이외에는 아무 것도 들리지 않았다. 그 목소리는 밴드에 맞춰서 고음으로 올라가다가는 다시 저음으로 내려왔는데, 간청하는 것같기도 하고 애원하는 것같기도 하며 무엇을 구걸하는 것같기도 했다. 그러다가 곡이 바뀌었다. 그 곡은 체념하고 굴복해서 그 소원이 이루어질 수 없다는 것을 알고 있는 것처럼 들려왔다.

노래가 거의 끝나갈 무렵, 한 꼬마아이가 깔깔거리고 웃었지만 다른 사람들은 빙그레하고 미소를 지을 뿐이었다. 조지와 화니는 웃지 않았다. 인생이라는 것도 이런 것이 아닌가 하고 화니는 생각했다. 세상에는 이런 사람들도 있고, 살다보면 고생살이도 있다.

 화니는 마치 애무하듯이 육지를 어루만지고 있는 저 거대한 바다와 노을이 진 저녁하늘을 바라보았다. 그녀와 조지 두 사람은 이렇게 행복해도 좋은 것일까? 그건 가혹한 것은 아닌지? 인생에는 이런 모든 것들을 가능하게 하는 무엇인가가 따로 있음에 틀림없다. 그것은 도대체 무엇일까? 그녀는 조지쪽으로 고개를 돌렸다.

 그러나 조지는 화니와는 다른 것을 생각하고 있었다. 그 가련한 노인의 소리는 어떤 의미에서는 우스꽝스러웠지만 자기와 화니처럼 새로운 삶을 시작하려고 하는 사람들에게는, 얼마나 무서운 일이 일어날 것이라는 것을 잘 깨닫게 해주는 것이었다. 이런 생각을 하면서 조지도 또한 저 밝고 숨쉬고 있는 듯한 바다를 응시했다. 그리고 그는 마치 그 바닷물을 모두 들이마시기라도 할 것처럼 입을 크게 벌렸다.

 얼마나 멋있는가! 인간에게 육체의 건강을 만끽하게 해주는 데는 바다같이 좋은 곳이 없다. 그리고 거기에는 그의 아내인 화니가 상반신을 앞으로 숙이고 앉아서 조용히 호흡을 하고 있었다.

 "여보!"

 조지는 그녀를 불렀다. 그녀가 조지 쪽으로 돌아보았다. 그녀의 상냥하고 의심에 찬 시선을 보고 조지는 테이블을 뛰어넘어 그녀를 끌어안고 나가고 싶은 기분이었다.

 "이봐, 돌아가지? 호텔로 돌아갑시다. 자, 여보. 가자구, 지금."

악단이 연주를 시작했다.

"아! 저 이상한 늙은이가 또다시 갈매기 소리처럼 꺼억꺼억거리는 노래를 시작하기 전에 떠납시다."

조지는 거의 신음하듯 말했다.

그러고 나서 얼마 후, 그들 부부는 이미 그 자리를 비우고 없었다.

□ 작가 연보

1888년   10월 4일 뉴질랜드의 수도 웰링턴에서 외조모, 부모 그리고 5남매의 행복한 집안의 셋째딸로 태어남.
1896년   웰링턴 근교의 국민학교에 입학함. 이 무렵부터 남달리 독서와 작문에 흥미를 느껴 밤에는 외조모가 억지로 불을 끌 때까지 책을 놓지 않았다고 함.
1903년   두 언니와 함께 런던으로 가서 퀸즈 칼리지 여학교에 입학함.
1906년   도중에 학교를 그만두고 뉴질랜드로 돌아옴.
1907년   《네이티브 컴패니언》誌에 3편의 단편을 게재하였음. 이때부터 본명의 성 부분인 보샴프를 생략하고 캐더린 맨스필드란 필명을 사용했음.
1909년   런던으로 다시 가서 문필생활을 본격적으로 시도함. 몇 편의 원고를 잡지사에 보냈지만 거절당함. 한때는 생활비 조달을 위해서 악극단에 참여하기도 했음. 이때 그녀는 어느 청년과 결혼을 했지만 몇 달이 못 가서 파경에 이르렀고 임신까지 하는

	불행을 초래하여 독일로 가서 요양생활을 하였음.
1910년	《뉴 에이지》지의 편집자에게 그녀의 글이 인정되었음.
1911년	스테팬 스위프트 출판사에서 《독일 하숙집에서(In a German Pension)》라는 제목으로 책을 간행, 비교적 호평을 받음.
1912년	《리듬》지를 발행하던 존 미들턴 머리라는 청년과의 교제가 급속도로 발전하여 결혼함. 이 결혼이 그녀의 창작생활이나 인생살이에 정신적인 뒷받침이 되었다고 함. 그녀는 이 잡지에 글도 쓰고 편집일도 도왔음.
1915년	머리 부부는 D. H. 로렌스와 손잡고 《시그니처》지를 만들고 글을 썼지만, 2개월 후에 폐간됨. 그녀에게 또 하나의 충격을 안겨준 것은 세계 제1차대전이 일어남으로써 사랑하는 남동생을 전장에서 잃었다는 사실, 그 커다란 충격은 그 당시의 일기에 자세히 씌어 있음. 한편 런던을 떠나 프랑스 남부로 가서 집필생활을 함. 그러나 늑막염에 걸리고 설상가상격으로 폐결핵으로 악화되어 각혈까지 함.
1918~1923년	지병인 폐결핵 때문에 여름철을 제외하고는 대부분 이탈리아, 프랑스, 스위스 등 각지로 전전하면서 고독한 요양생활을 함.
1919년	남편 머리가 《아더나움》지의 편집인이 되자, 그녀

는 지병을 무릅쓰고 작품활동을 함. 〈해변에서 (At the Bay)〉, 〈가든 파티(The Garden Party)〉, 〈인형의 집(The Doll's House)〉, 〈파리(The Fly)〉, 〈카나리아 (The Canary)〉 등의 주옥 같은 작품들은 이 잡지에 게재된 것이다.

1920년 《행복(외) (Bliss and Other Stories)》 출판.

1922년 《가든 파티(외) (The Garden Party and Other Stories)》 출판. 파리에서 폐결핵의 특수치료를 받았지만 별로 효과가 없었고 폰틴블로의 요양소에 입원했으나 점점 악화되어 집필도 중단함.

1923년 파리 교외의 폰틴블로에서 요양중 1월 9일 밤 세상을 떠남. 죽은 뒤에 《비둘기집(The Dove's Nest)》 출판.

◨ 옮긴 이 소개

충북 진천 출생.
고려대학교 영문과 및 동대학원 졸업.
미국 Southeastern Oklahoma 주립대 대학원 수학.
문학박사 학위 취득(건국대학교).
서울시립대학교 영문과 교수 역임, 현 명예교수.
역서 : 《환상을 그리운 여인》(서울신문사)
　　　《테스》(범우사) 《동물농장》(범우사) 외 다수가 있음.

가든 파티

1984년	5월 30일	초판 1쇄 발행
1994년	3월 30일	2판 1쇄 발행
2004년	10월 20일	3판 1쇄 발행
2006년	12월 25일	4판 1쇄 발행
2007년	9월 10일	개정판 1쇄 발행

　　　　　지은이　맨 스 필 드
　　　　　옮긴이　김　회　진
　　　　　펴낸이　윤　형　두
　　　　　펴낸데　범　우　사

출 판 등 록　1966. 8. 3. 제 406—2003—048호
(413-759) 경기도 파주시 교하읍 문발리 525-2
대 표 전 화　031-955-6900~4 / FAX 031-955-6905

＊ 파본은 교환해 드립니다.　　　　편집 · 교정 / 윤아트 · 김정숙
ISBN 978-89-08-03344-3　　　(홈페이지) http://www.bumwoosa.co.kr
　　　978-89-08-03202-6 (세트)　　(E-mail) bumwoosa@chol.com